Monika Felten

ASCALON

Das magische Pferd

Das Geheimnis der Maya

Thienemann

Das Grab im Dschungel

Mit schweren Schritten bahnen sich zwei Männer einen Weg durch das Dickicht des Dschungels. Raschelnd fahren ihre Füße durch das trockene Laub am Boden, während sie sich mit ihren Buschmessern durch das Unterholz schlagen. Hin und wieder bleiben sie stehen und binden rote Stoffbänder an die Bäume: Markierungen, die ihnen helfen sollen, den Rückweg zu finden.

»Da!« Der Erste hält an, winkt den anderen zu sich und deutet in den Dschungel hinein, wo unter Moosen, Baumwurzeln und Ranken die Überreste einer verwitterten Steinmauer zu sehen sind.

»Das Fundament einer Pyramide!« Ehrfurcht liegt in der Stimme des Mannes. Seine Augen leuchten, als er den Blick nach oben richtet und den grünen Hügel betrachtet, der sich unmittelbar vor ihm inmitten des Urwalds erhebt. Längst hat die Natur zurückerobert, was tausend Jahre zuvor von Menschenhand geschaffen wurde; zerstören konnte sie es nicht.

Sofort machen sich die Männer daran, die Pyramide zu erklim-

men. Die Freude über den Fund lässt sie alle Mühsal vergessen. Stufe um Stufe steigen sie hinauf. Höher und höher.

Oben angekommen, erwartet sie eine bittere Überraschung. Frische Einschnitte unterhalb der Tempelspitze zeigen, dass sie nicht die ersten Suchenden an diesem Ort sind. Grabräuber sind ihnen zuvorgekommen.

Das kratzende Geräusch ihrer Stiefelsohlen auf dem harten Stein begleitet sie wie das hämische Lachen einer alten Frau, als sie wenig später die verwitterten Stufen hinabsteigen. Sie gehen nun hintereinander. Niemand sagt ein Wort. Zu groß ist die Enttäuschung, zu schmerzlich das Wissen, auch diesmal zu spät gekommen zu sein.

Plötzlich hallt ein erstickter Schrei durch den Dschungel.

Es kracht und poltert, dann ist es still.

»Fernando?« Der Mann an der Spitze fährt erschrocken herum. Von seinem Begleiter fehlt jede Spur. Es ist, als hätte der Boden ihn verschluckt.

»Bei allen Toren des Himmels!« Mit einem Ruck richtete sich die Schicksalsgöttin von der gepolsterten Liegestatt auf, auf der sie eine zeitlose Weile geruht hatte, schwang die Beine von dem bronzenen Diwan und ging zu dem marmornen Brunnen in der Mitte der großen Halle, die sie ihr Heim nannte.

Sie wusste: Der Traum war ein Zeichen. Ein Zeichen, wie sie es in den vergangenen Jahrhunderten schon oft erhalten hatte. Nun war es an ihr, das Geheimnis zu entschlüsseln, das sich dahinter verbarg, und die nötigen Schritte einzuleiten.

Mit einer anmutigen Bewegung nahm sie einen gläsernen Krug zur Hand, tauchte ihn in das kristallklare Wasser und goss etwas davon in eine silberne Schale.

Als sich die Oberfläche beruhigt hatte, strich sie mit der Hand über das Wasser, murmelte leise Worte in einer altertümlichen Sprache und beobachtete, was geschah.

Für eine Weile war ihr Gesicht das einzige Bild, das sich auf der Wasseroberfläche spiegelte. Dann begann es zu verschwimmen. Nach und nach formten sich im Wasser die Umrisse von tönernem Geschirr, von Schmuck und Gebeinen, die irgendwo am Boden einer Höhle lagen, wo sie ganz oder nur zum Teil aus einer dicken Staubschicht hervorschauten. Die Göttin seufzte und fuhr mit der Hand erneut über das Wasser. Knochen und Schmuck waren nicht das, wonach sie suchte.

Das Bild bewegte sich. Langsam wanderte es über den Höhlenboden. Fragmente einer Trommel und Überreste eines Jaguarfells tauchten auf und verschwanden, ohne dass die Göttin sie eines Blickes würdigte. Doch dann …

»Ich wusste es!« Mit einer herrischen Geste gebot die Göttin dem Bild innezuhalten. Es zeigte nun eine Knochenhand, die aus dem Humus der Jahrhunderte hervorragte. Aber nicht die bleichen Gebeine waren es, denen ihre Aufmerksamkeit galt. Sie hatte nur Augen für das, was neben dem Toten auf der Erde lag. Im ersten Augenblick sah es aus wie ein zerbrochener Tonkrug, auf dem das Bildnis eines Kriegers prangte, der einen Hirsch erlegt hatte. Aber die Göttin wusste, dass es weit mehr war als nur das. Unter den Scherben lugte etwas Helles hervor, das wie ein Stofffetzen aussah. Doch auch das war ein Trugschluss. Was dort lag, war kein altes Stück Gewebe. Es war ein wertvolles Schriftstück, das nicht in falsche Hände gelangen durfte.

Der Schlüssel zum Geheimnis der Maya.

Plötzlich kam Bewegung in das Bild. Ein Lichtschein, wie von einer Taschenlampe, fuhr suchend über den Höhlenboden, verharrte auf der Knochenhand und schwenkte dann auf das Tongefäß. Hände tauchten auf, entfernten vorsichtig Schmutz und tönerne Bruchstücke und trugen das Schriftstück fort, das niemals hätte gefunden werden dürfen. Zurück blieben Scherben und bleiche Finger, die das Geheimnis nicht länger hatten hüten können.

Für einen Augenblick schien es, als sei die Göttin verärgert. Doch der Moment verstrich schnell, und nur Sekunden später hatte sie ihren Gleichmut wiedergewonnen.

»Nun denn, ich sehe, es gibt Arbeit«, sagte sie zu sich selbst, stieß einen leisen Seufzer aus und löschte das Bild in der Schale mit einem Handstreich aus.

Sie hatte genug gesehen und wusste, was zu tun war.

Der Heimkehrer

»Aufwachen, Señorita.« Schwungvoll öffnete Teresa die Schlafzimmertür und zog die Vorhänge zurück. »In einer halben Stunde sind sie da!«

Das Licht der Morgensonne flutete ins Zimmer.

Muriel zog sich die dünne Sommerdecke über den Kopf und murmelte etwas Unverständliches.

»Muriel!«

Mit einem Ruck war die Bettdecke fort und ein kühler Windzug streifte Muriels Beine.

»He, was soll das? Ich habe Ferien«, schimpfte sie schlaftrunken und tastete, ohne die Augen zu öffnen, nach der entschwundenen Decke.

»Das weiß ich, mi chica«, antwortete Teresa freundlich, aber bestimmt. »Aber heute ist ein besonderer Tag und da wird ausnahmsweise mal nicht ausgeschlafen.«

»Paps!« Augenblicklich war die Dreizehnjährige hellwach. Sie setzte sich auf, schaute die Haushälterin des Birkenhofs an und fragte besorgt: »Ist Mama ... sind sie schon zurück? Hab ich etwa verschlafen?«

»Keine Sorge.« Die rundliche Spanierin lächelte vergnügt. »Du hast nichts verpasst. Sie sind noch auf der Autobahn. Der Flieger aus Mexiko ist pünktlich um vier Uhr gelandet, aber deine Eltern hatten großes Pech. Sie steckten noch fast eine Stunde in einem Stau auf der Autobahn fest.«

»Puh!« Muriel strich sich eine Haarsträhne aus der Stirn. »Da hab ich ja noch mal Glück gehabt. Danke, dass du mich geweckt hast.«

»Schon gut.« Teresa strich Muriel liebevoll über die Wange. »Aber jetzt beeil dich. Mirko und Vivien sind schon in der Küche. Wir wollen deinen Vater doch gebührend empfangen.«

»Bin schon unterwegs!« Mit einem Satz war Muriel aus dem Bett und begann sich anzuziehen. Sie hatte ihren Vater lange nicht gesehen und freute sich riesig, dass er über die Sommerferien nach Hause kam. Christian Vollmer arbeitete seit dem Winter als Ingenieur auf einer Baustelle in Mexiko und hatte bisher noch keinen Urlaub bekommen.

In rekordverdächtiger Zeit schlüpfte Muriel in ihre kurze Jeans und streifte sich ein Top mit Spaghettiträgern über. Es war zwar erst kurz nach sechs Uhr, aber nach einer tropischen Sommernacht, in der das Thermometer nicht unter 20 Grad gesunken war, hatte die aufgehende Sonne die Luft schon wieder kräftig erwärmt.

Seit fast einer Woche lastete über dem Birkenhof eine schwüle, hochsommerliche Hitze, die sich abends nicht selten in heftigen Gewittern entlud. Und wie es aussah, würde es auch noch eine Weile so bleiben. Der Wetterbericht am Abend hatte keine Hoffnung auf eine Abkühlung gemacht. Mit bis zu 30 Grad würde es auch heute wieder unerträglich heiß werden.

»Muriel, wo bleibst du denn?«, tönte Teresas Stimme von unten herauf. »Rapido! Wir wollen doch, dass alles bereit ist, wenn sie ankommen!«

»Ich komme schon.« Muriel legte die Haarbürste zur Seite und band ihre braunen Haare im Nacken mit einem Haargummi zusammen. Mit bloßen Füßen schlüpfte sie in ihre Flip-Flops und machte sich auf den Weg in die Küche.

Auf der Treppe und im Flur roch es nach frisch aufgebrühtem Kaffee. Muriel schnupperte. Sie hatte dem Lieblingsgetränk ihrer Mutter bisher nichts abgewinnen können, aber der Duft hatte etwas Heimeliges an sich und sie liebte ihn über alles.

»Na endlich.« Teresa atmete auf, als sie in die Küche kam. »Jetzt aber schnell. Du und Mirko, ihr müsst mir nämlich noch helfen, das hier über der Haustür festzumachen.« Sie deutete auf eine große Papierrolle, die auf dem Küchentisch lag.

»Ich will auch mithelfen!« Vivien, Muriels sechsjährige

Schwester, hockte in ihrem neuen rosa Sommerkleid auf der Arbeitsplatte vor dem Fenster und schaute auf den Hof hinaus. Ihre langen, blonden Haare waren von der Sonne ganz hell geworden, was ihr ein engelsgleiches Aussehen verlieh.

»Nein, du bist noch zu klein.« Teresa deutete auf zwei Trittleitern, die sie schon bereitgestellt hatte. »Muriel, Mirko, ihr nehmt euch jeder eine Leiter«, sagte sie im Befehlston. »Ich trage das Plakat.«

»Jawohl, Sir!« Mirko, drei Jahre jünger, aber nur wenige Zentimeter kleiner als seine große Schwester, salutierte wie beim Militär und schnappte sich einen Tritt. Muriel tat es ihm gleich.

»Und ich?« Vivien schmollte.

»Du bleibst da sitzen und passt auf, wenn sie kommen.«

»Aber ich …«

»Señorita, wir haben jetzt keine Zeit für lange Diskussionen.« Teresa blieb hart. Wie ein General, die große Papierrolle unter dem Arm, marschierte sie aus der Küche. Muriel und Mirko hinterher.

»Und wo soll das hin?«, erkundigte sich Mirko auf dem Flur.

»Mi chico! Über die Haustür natürlich«, erklärte Teresa. »Es ist ein Willkommensplakat für euren Vater. Ich habe die halbe Nacht darangesessen.« Sie seufzte. »Aber bei der Hitze schlafe ich sowieso kaum.«

»Was steht denn drauf?«, wollte Muriel wissen.

»Das wirst du gleich sehen.« Teresa lächelte geheimnisvoll, öffnete die Haustür und deutete nach oben. »Da hängen wir es auf. Ihr beide stellt euch auf die Leitern und ich schaue nach, ob ...« Ein Schatten huschte an ihr vorbei nach draußen.

»O Titus!« Teresa keuchte erschrocken auf. »Du kommst aber auch immer im unmöglichsten Augenblick.« Verärgert gab sie dem großen Schweizer Sennhund einen Klaps auf das schwarze Hinterteil. Aber der beachtete sie nicht. Als gäbe es nichts Wichtigeres, tapste er die Stufen hinab und verschwand schnuppernd und schnüffelnd im Gebüsch.

»Dios mío! Dieser Hund ist wirklich eine Plage.« Teresa schaute Titus kopfschüttelnd nach, wandte sich dann aber wieder an Muriel und Mirko. »Na, was ist? Wollt ihr mir nicht helfen? Mirko, du gehst nach rechts. Muriel nach links. Und beeilt euch. Sie können jeden Augenblick hier sein.«

Die Papierrolle entpuppte sich als ein riesiges Plakat, auf dem ein großes rotes Herz mit der Aufschrift »Willkommen zu Hause« prangte. Rings um das Herz hatte Teresa mit dicken Buchstaben die Vornamen der Familienmitglieder und der Angestellten des Birkenhofs aufgemalt.

»Hey, sogar Titus steht mit drauf.« Muriel lachte.

»Na klar, der freut sich doch auch, wenn er endlich wieder mit deinem Vater durch den Wald joggen kann«, erklärte Teresa. Sie reichte den beiden Hammer und Nägel und nach ein paar kurzen Anweisungen prangte das Willkommensschild unübersehbar oberhalb des Eingangs. Keinen Augenblick zu früh: Schon waren in der Ferne Motorengeräusche zu hören, die sich rasch näherten.

»Sie kommen!«, kreischte Vivien in der Küche so laut, dass es die Pferde auf der Weide hören mussten.

Hastig schleppten Muriel und Mirko die Leitern ins Haus, liefen in die Küche und spähten aus dem Fenster, um ja nicht zu verpassen, wann der Wagen ihrer Mutter auf den Hof einbog.

Dann war es so weit.

Eine Staubwolke hinter sich her ziehend, kam der silberne Jeep die Straße entlang und steuerte auf die Hofeinfahrt zu.

»Sie kommen! Sie kommen!« Übermütig sprang Vivien von der Arbeitsplatte und lief, gefolgt von Muriel, Mirko und Teresa zur Haustür. Kaum eine Minute später stand das Birkenhof-Empfangskomitee unter dem Willkommensplakat bereit. Mit klopfendem Herzen und vor Aufregung geröteten Wangen beobachteten die vier, wie der Jeep auf dem Hof vorfuhr und unmittelbar vor der Haustür zum Stehen kam.

»Paps!« Als sich die Beifahrertür öffnete, gab es für Vivien kein Halten mehr. Überglücklich stürmte sie auf den hochgewachsenen, dunkelhaarigen Mann zu, der aus dem Wagen stieg, und flog ihm in die Arme.

»Hoppla, mein Engel.« Christian Vollmer blieb gerade noch die Zeit, den Rucksack, den er in der Hand hatte, auf den Boden zu stellen, ehe seine jüngste Tochter ihn erreichte. »Das ist ja ein toller Empfang«, sagte er lachend, wirbelte Vivien überschwänglich herum und drückte ihr einen Kuss auf die Wange.

»Hi, Paps!« Muriel und Mirko waren Vivien etwas langsamer gefolgt.

»Muriel, Mirko!« Christian Vollmer wollte Vivien absetzen und die beiden umarmen, aber die klammerte sich so fest an ihn, dass es ihm nahezu unmöglich war. So blieb ihm nichts anderes übrig, als die Sechsjährige mit dem linken Arm festzuhalten, während er Muriel und Mirko mit dem rechten abwechselnd umarmte.

»Toll, dass du wieder da bist.« Muriel schmiegte sich an ihren Vater und gab ihm einen Kuss auf die stoppelige Wange.

Dann war Mirko an der Reihe. »Jetzt habe ich endlich wieder Verstärkung«, sagte er, während er seinen Vater umarmte. »Du glaubst gar nicht, wie ätzend das ist, jeden Tag über Pferde reden zu müssen.«

»So schlimm?« Christian Vollmer runzelte in gespielter Besorgnis die Stirn. Dann knuffte er Mirko an die Schulter, senkte die Stimme und sagte grinsend: »Keine Sorge, Sohnemann. Ab heute werden hier wieder richtige Männergespräche geführt.«

»Kinder! Nun lasst euren Vater doch erst mal zu Hause

ankommen.« Renata Vollmer, Muriels Mutter, kam lachend um den Wagen herum auf die vier zu. »Ihr habt noch zwei Monate Zeit, ihm alles zu erzählen.« Sie seufzte und warf einen Blick zur Haustür, wo Teresa die Begrüßungsszene sichtlich gerührt beobachtete. »Kommt, lasst uns hineingehen«, schlug sie vor. »Die Fahrt über die Autobahn war sehr anstrengend. Ein Schluck Kaffee zum Munterwerden wäre jetzt genau das Richtige.«

»Gute Idee«, stimmte Muriels Vater zu. »Auf Teresas Kaffee freue ich mich schon seit einem halben Jahr.«

Vivien auf dem linken und Mirko im rechten Arm haltend ging er auf die Haustür zu, während Muriel sich den Rucksack schnappte. Er war sehr schwer und sie fragte sich, was wohl darin sein mochte. Sie wollte ihren Vater gerade danach fragen, als ein schwarzer Schatten aus dem Gebüsch hervorstürmte und sich auf ihn stürzte.

»Titus! Zurück!« Muriels Befehl blieb ohne Wirkung.

Der große Schweizer Sennhund hatte Christian Vollmers Stimme erkannt und raste in einer Geschwindigkeit, die seine vierzig Kilo Lebendgewicht Lügen strafte, auf ihn zu. Erst im allerletzten Augenblick bremste er ab, stellte sich auf die Hinterbeine und begrüßte ihn auf herzliche Hundeart.

Vivien kreischte auf und brachte sich mit einem gewagten Sprung in Sicherheit, während Mirko sich gekonnt unter dem Arm seines Vaters hindurchduckte und ein paar Schritte zurückwich.

»Titus!« Muriel stellte den Rucksack ab, packte den massigen Sennhund am Halsband und versuchte, ihn von ihrem Vater fortzuzerren. »Kannst du dich nicht benehmen?«, herrschte sie ihn an. »Ich weiß ja, dass du dich freust, aber …«

»Lass nur, Muriel.« Ihr Vater tätschelte Titus liebevoll den Kopf. »Er hat schließlich auch ein Recht darauf, mich zu begrüßen.« Er bückte sich, kraulte Titus hinter den Ohren und sagte lachend: »Na, Dicker! Du hast aber ganz schön zugelegt. Hast dir mit den Damen wohl ein ziemlich faules Leben gemacht, während ich weg war.«

Titus ließ ein sonores »Wuff« ertönen.

Alle lachten.

»O, sí! Da haben Sie ein wahres Wort gesprochen, Señor Vollmer.« Teresa kam die Stufen hinunter, um den Heimkehrer nun auch zu begrüßen. »Ich bin froh, dass Sie wieder da sind«, sagte sie. »Seit Sie weg sind, bewegt sich der faule Kerl kaum noch. Er hat es dringend nötig, dass ihm jemand Beine macht.«

»Teresa!« Christian Vollmer erhob sich und umarmte die rundliche Haushälterin herzlich. »Wie schön dich wiederzusehen. Und keine Sorge wegen Titus, den werde ich schon auf Trab bringen. Aber jetzt muss ich erst mal eine Tasse von deinem unwiderstehlichen Kaffee haben.« Er runzelte die Stirn wie jemand, der befürchtete, gleich eine Enttäuschung zu erleben, und fragte: »Du hast doch welchen gekocht – oder?«

»Natürlich!« Teresa nickte. »Ich habe nicht vergessen, wie sehr Sie eine Tasse Kaffee am Morgen schätzen.«

»Na, worauf warten wir dann noch?« Mit einer Reisetasche in der Hand stapfte Muriels Mutter auf die Haustür zu. »Alle Mann in die Küche!«

Geheimnisvolles Mexiko

Ein halbes Jahr war eine lange Zeit. Es gab so vieles zu erzählen, dass Christian Vollmer kaum dazu kam, seinen Kaffee zu trinken. Der Bau einer Autobahn durch den Dschungel Yucatáns war eine spannende Angelegenheit. Er schilderte seine Begegnungen mit Schlangen, Spinnen und anderem exotischen Getier so anschaulich, dass die Kinder ihm wie gebannt lauschten und immer wieder nachfragten. Es dauerte fast eine Stunde, bis die Flut der Fragen langsam weniger wurde.

»Wenn ich zurückfliege, dauert es etwa noch vier Monate, dann ist die Arbeit für mich erledigt. Aber jetzt ...«, er machte eine Pause, grinste und blickte vielsagend in die Runde, »... werde ich erst mal auspacken. Ich habe nämlich jedem von euch etwas mitgebracht.«

»Ein Geschenk?« Viviens Augen leuchteten, als sie das hörte. »Was ist es?«

»Abwarten.« Christian Vollmer lächelte geheimnisvoll und bedeutete ihr, sich wieder auf ihren Stuhl zu setzen. Dann wandte er sich Muriel zu und fragte: »Gibst du mir bitte mal meine Tasche?«

Gespannte Stille herrschte in der Küche, als er den Rucksack entgegennahm, auf den Tisch stellte und mit den Worten: »Dann wollen wir doch mal sehen, ob alles heil geblieben ist«, hineingriff. Alle hielten den Atem an, als er einen großen, in Unmengen Papier gehüllten Gegenstand hervorholte und vorsichtig auswickelte.

»Die ist für Teresa«, sagte er, während er eine bauchige tönerne Vase aus den Papierlagen zutage förderte. Sie war rotbraun und mit geometrischen Mustern in Ockergelb und Schwarz bemalt.

»Ich habe sie bei den Indios in Chichén Itzá* für dich gekauft«, erklärte er, während er der Haushälterin die Vase reichte. »Sie sollen direkte Nachkommen der Maya sein und verdienen sich ein paar Pesos, indem sie Nachbildungen von Maya-Kunst an Touristen verkaufen.«

»Danke, Señor!« Sichtlich gerührt nahm Teresa die Vase in die Hände und betrachtete sie von allen Seiten. »Die ist wunderschön.«

»Du ... du warst in Chichén Itzá?« Muriel horchte auf. »Echt? Hast du da auch die große Pyramide mit den vier

* Alle mit * gekennzeichneten Begriffe
werden im Glossar am Ende des Buches erklärt

Treppen gesehen?«, fragte sie in Erinnerung an einen Film, den sie im Frühjahr im Fernsehen gesehen hatte.

»Du meinst die Pyramide des Kukulcán*?« Ihr Vater nickte. »Ja, die habe ich gesehen. Ich bin sogar hinaufgeklettert.«

»Cool!« Muriel staunte.

»Wie hoch ist die denn?«, wollte Mirko wissen. »Höher als die Pyramiden in Ägypten?«

»Nein, so hoch nicht«, erklärte Christian Vollmer. »Sie ist etwa 30 Meter hoch und hat an jeder Seite Treppen bis zur Spitze. Heute hat man zwei der Treppen wieder restauriert. Die anderen beiden sind in ihrem ursprünglichen Zustand belassen worden. Alle vier Treppen haben zusammen 365 Stufen. So viele wie ein Jahr Tage hat.«

»Im Fernsehen haben sie erzählt, dass die Maya gute Astronomen waren«, ergänzte Muriel, die sich noch genau an den Film erinnerte. Der Gedanke, dass ihr Vater dort arbeitete, wo vor mehr als 1000 Jahren eine so geheimnisvolle und spannende Kultur existiert hatte, hatte sie von Anfang an fasziniert.

»Das stimmt.« Ihr Vater senkte die Stimme und fuhr fort: »Manche behaupten sogar, sie hätten Kontakt zu Außerirdischen gehabt.« Er zwinkerte ihr zu und grinste. »Wenn du möchtest, erzähle ich dir später mehr davon. Jetzt will ich erst einmal weiter Weihnachtsmann spielen.«

»Ja, gern.« Muriel nickte. Das Erzählen konnte warten.

Sie war genauso neugierig wie ihre Geschwister und wollte unbedingt wissen, was ihr Vater wohl für sie mitgebracht hatte. Zunächst aber war Mirko an der Reihe. Er bekam ein Trikot der mexikanischen Fußball-Nationalmannschaft, auf dem alle Nationalspieler unterschrieben hatten.

»Für mich?« Mit großen Augen starrte Mirko das grüne Trikot an, auf dem in schwarzer Schrift fast zwanzig Namen prangten. »Ist ... ist das echt?«

»Natürlich!« Christian Vollmer tat entrüstet. »So wahr ich hier stehe. War gar nicht so leicht, es zu besorgen. Freust du dich?«

»Und wie!« Mirko strahlte übers ganze Gesicht. »Das bekommt einen Ehrenplatz in meinem Zimmer.«

»Und was hast du für mich?«, fragte Vivien ungeduldig. Ohne dass es jemand bemerkt hatte, war sie so nahe an den Rucksack herangerutscht, dass sie schon fast hineinsehen konnte.

»Für dich?« Christian Vollmer schob seine jüngste Tochter sanft, aber bestimmt an ihren Platz zurück, griff erneut in den Rucksack und zog mit den Worten: »Für dich habe ich das hier«, eine kleine Schachtel daraus hervor.

»Was ist das?« Vivien war so aufgeregt, dass sie kaum noch still sitzen konnte. Ihr Vater schien es zu bemerken und sich einen Spaß daraus zu machen, sie noch ein wenig warten zu lassen. In aller Ruhe legte er die Schachtel auf die Tischplatte, öffnete langsam den Deckel und nahm schließlich ein funkelndes Silberarmband heraus, das aus lauter kleinen grünen, in Silber gefassten Herzen bestand.

»Uiii. Ist das für mich?« Vivien stieß vor Begeisterung einen spitzen Laut aus, nahm das Schmuckstück an sich und betrachtete es ehrfürchtig.

»Das Grüne ist Malachit*«, erklärte ihr Vater, während er ihr das Armband ums Handgelenk legte und sorgfältig verschloss. »Ein besonders schöner Kristall, wie ich finde. Ich habe es bei einem Silberschmied gesehen und sofort an dich gedacht.«

»Es ist sooo schön. Danke, Paps.« Vivien konnte den Blick nicht von dem Armband abwenden.

Muriel räusperte sich und ihr Vater verstand sofort: »O Muriel, entschuldige«, sagte er. »Für dich habe ich natürlich auch noch etwas.« Die Schachtel, die er aus dem Rucksack nahm und ihr reichte, war noch kleiner als die, in der Viviens Armband gelegen hatte. Im ersten Augenblick war Muriel enttäuscht, aber als sie die Schachtel öffnete, verschlug es auch ihr die Sprache. Im Innern lag eine silberne Kette mit einem kunstvoll gearbeiteten und sehr außergewöhnlichen Anhänger, der in zwei Hälften geteilt war. In der oberen waren zwei grimmige Gesichter mit blauen Augen zu sehen, die zwischen zwei verzierten Flügelpaaren hervorschauten. Dazu gab es noch eine ganze Reihe anderer Verzierungen und Schnörkel, von denen eine wie eine Schlange aussah. Die untere Hälfte war eher schlicht und hatte die Form einer Pfeilspitze.

»Weißt du, was das ist?«, hörte sie ihren Vater fragen.

»Nein.« Muriel schüttelte den Kopf. »Aber es ist sehr hübsch.«

»Das ist die Nachbildung eines Opferdolchs der Maya«, erklärte ihr Vater. »Ich habe gehört, dass die Maya-Priesterinnen früher so einen Schmuck als Zeichen ihres Standes trugen. Damals natürlich in Gold, weil es kein Silber gab. Aber ich finde, auch in Silber ist es etwas ganz Besonderes. Die Augen sind übrigens aus Lapislazuli*.«

»Es sieht wunderschön aus. Geheimnisvoll und irgendwie auch unheimlich.« Muriel flüsterte fast.

»Christian! Findest du wirklich, dass ein Opferdolch das richtige Geschenk für ein dreizehnjähriges Mädchen ist?« Ihre Mutter war näher herangerutscht und betrachtete den Kettenanhänger mit sichtlichem Unbehagen. »Ist das nicht etwas geschmacklos?«

»Na hör mal, es ist ein antikes Schmuckstück!«, verteidigte sich ihr Vater. »Und ein Unikat dazu. Ich habe es gesehen und musste sofort an Muriel denken. Ich konnte nicht anders, ich musste es kaufen. Es erschien mir wie für sie gemacht.«

»Die Kette ist wunderschön.« Muriel stand auf und umarmte ihren Vater. »Danke, Paps«, sagte sie aus ganzem Herzen. »Ich werde gut auf sie achtgeben und sie nur zu besonderen Anlässen tragen.«

»Na, zum Glück haben wir davon nicht allzu viele.« Renata Voller seufzte, schüttelte dann aber lachend den Kopf und sagte an ihren Mann gewandt: »Nun, da scheinst du ja für jeden das Richtige gefunden zu haben.«

»Und was hat Paps dir mitgebracht?«, platzte Vivien heraus.

»Mir?« Ihre Mutter zögerte kurz, dann stand sie auf und schloss ihren Mann in die Arme. »Mir hat er sich selbst mitgebracht«, sagte sie und hauchte ihm einen Kuss auf die Wange. »Das ist alles, was ich mir wünsche.«

Der Schattengeist

Am späten Nachmittag hatte sich die Aufregung um die Rückkehr von Christian Vollmer gelegt. Muriels Eltern hatten sich ins Büro zurückgezogen, um ein paar wichtige Dinge zu besprechen, Teresa werkelte in der Küche und auch für die anderen hatte der Alltag wieder begonnen.

Obwohl Muriel heute lieber allein ausgeritten wäre, hatte sie ihrer Mutter versprochen, Vivien auf den Ausritt mitzunehmen. Sie wollte ihren Vater nicht schon am ersten Tag mit den kleinen Streitigkeiten belästigen, die sie so oft mit ihrer dickköpfigen Schwester ausfocht.

So machten sie sich am späten Nachmittag gemeinsam auf den Weg zur Weide, um Ascalon und Nero zu holen.

Muriels Mutter war Tierärztin und Pferdepsychologin und besaß, was Pferde anging, ein großes Herz. Immer wieder kam es vor, dass sie alte und kranke Pferde aufnahm, damit sie auf dem Birkenhof ihr Gnadenbrot bekamen. Nero, ein zwanzig Jahre alter Percheron-Wallach, der früher von Forstarbeitern zum Holzrücken eingesetzt worden war, war eines der jüngeren Tiere der kleinen Birkenhof-Herde und lange Zeit Muriels Liebling gewesen.

Als der sechsjährige Ascalon im Frühjahr auf den Hof gekommen war, hatte sich das schlagartig geändert. Muriel hatte Ascalons Pflege übernommen und nur noch Augen für den prachtvollen American-Saddlebred-Wallach. Seitdem waren die beiden unzertrennlich.

Nero schien das nicht zu bekümmern, denn an Zuwendung mangelte es ihm nicht. Seit Muriel ihre gesamte Freizeit mit Ascalon verbrachte, widmete sich Vivien voller Hingabe dem stämmigen Kaltblüter und nannte ihn inzwischen stolz *ihr Pferd*. Da ihre Mutter es aber noch nicht erlaubte, dass sie allein ausritt, war es für sie das Größte, wenn sie Muriel und Ascalon begleiten durfte. Sie versuchte, so oft wie nur möglich dabei zu sein, während Muriel es so oft wie möglich verhindern wollte. Nero war langsam und behäbig. Mit dem jungen Ascalon konnte er nicht mithalten und so waren die Ausritte mit Vivien für sie eher langweilig.

»Wir sollten mit Ascalon und Nero zur Wille reiten«, schlug Muriel vor. »Die beiden freuen sich bestimmt über eine Abkühlung. Der Bach auf der Weide führt ja kaum noch Wasser.«

»Au ja.« Vivien nickte zustimmend.

Sie erreichten den Stall und traten in den Schatten. Natürlich war es auch drinnen noch viel zu warm, aber nach dem Weg über den heißen, sonnenbeschienenen Hofplatz empfanden die Mädchen die 28 Grad hinter den Mauern des alten Backsteingebäudes schon als kühl.

»Wir satteln die Pferde besser hier drinnen«, entschied Muriel, während sie sich suchend nach Ascalons Halfter umschaute. »Auf dem Hof ist es nicht auszuhalten. Ich hoffe nur, es gibt heute kein Gewitter, das uns den Ausritt verdirbt.« Sie stutzte. »He, wo ist denn das Halfter hin? Ich weiß genau, dass ich es gestern Abend an seinen Platz gehängt habe.«

»Wirklich?« Vivien grinste. »Vielleicht bist du ja auch schon ein Hitzeopfer. So wie Teresa.«

»Wie Teresa?« Muriel konnte ihrer Schwester nicht ganz folgen.

»Ja. Teresa hat gestern vergessen die Milch in den Kühlschrank zu stellen. Mittags war sie dann sauer.«

»Wer? Teresa?«

»Nee, die Milch natürlich.« Vivien schnappte sich Neros Halfter und lief zu dem großen Tor, das von der rückwärtigen Wand des Stalls auf die Weide hinausführte.

»Du könntest mir ruhig suchen helfen!«, rief Muriel ihr nach. Aber ihre Schwester war schon nicht mehr zu sehen.

»Ist ja mal wieder typisch.« Muriel schüttelte den Kopf und setzte die Suche fort. Ganz einfach war das nicht. An den Haken, die aus der Stallwand hervorschauten, hingen neben zwei Dutzend Halftern auch jede Menge Trensen und Ausbinder. Eigentlich hatte das Geschirr eines jeden Pferdes hier einen festen Platz, trotzdem kam es häufig zu Verwechslungen.

»Das sind die Kobolde aus der alten Wassermühle, die nachts in den Stall schleichen und sich einen Spaß daraus machen, alles durcheinanderzubringen«, hatte Andrea, die Pferdepflegerin des Birkenhofs, einmal zu Vivien gesagt. Das war natürlich nur ein Scherz gewesen, aber Vivien hatte sich daraufhin monatelang nicht im Dunkeln in den Stall getraut.

Muriel schmunzelte, als sie daran dachte. Allerdings war sie ganz sicher, am Vorabend alles richtig gemacht zu haben, und fragte sich, ob ihr nicht doch jemand einen Streich spielen wollte.

»Muuuuriel!« Viviens gellender Schrei ließ sie herumfahren. Die Tonlage verriet Panik, die nur einen Schluss zuließ: Auf der Weide musste etwas geschehen sein.

Augenblicklich waren Halfter und Kobolde vergessen. Muriel hetzte zum Tor. Sie hatte es noch nicht ganz erreicht, als Vivien mit rotem Gesicht und vor Schreck geweiteten Augen in den Stall gestürzt kam und sich schluchzend in ihre Arme warf.

»He, du zitterst ja.« Muriel schloss ihre kleine Schwester in die Arme und fragte: »Was ist denn los?«

»Da ... da ist jemand auf der Weide bei den Pferden.« Viviens Stimme bebte vor Angst. »Ein ... ein Geist.«

»Ein Geist?« Muriel runzelte die Stirn. »So ein Blödsinn«, sagte sie bestimmt. »Du weißt doch, es gibt keine Geister. Schon gar nicht mitten am Tag.«

»Aber ich habe ihn gesehen!«, beharrte Vivien. »Vielmehr sie. Es war eine Frau.«

»Eine Frau?« Muriel horchte auf. »Wo hast du *sie* denn gesehen?«

»Sie stand im Schatten der großen Eiche – bei Ascalon.«

Bei Ascalon!

Muriel zuckte zusammen. Ihr Herz pochte heftig.

»Wie sah sie denn aus?«, fragte sie vorsichtig.

»Schwarz«, erwiderte Vivien ohne lange zu überlegen. »Sie hatte einen langen schwarzen Mantel an und ein Tuch über dem Kopf.«

»Ach, das war bestimmt nur ein Schatten«, startete Muriel hastig einen Erklärungsversuch. »Weißt du, wenn das Sonnenlicht durch die Baumkrone fällt, kann es schon mal sein, dass …«

»Da war aber eine Frau!« Vivien löste sich aus Muriels Armen und machte einen Schritt auf die Tür zu. »Sieh doch selbst nach, wenn du es mir nicht glaubst.«

»Das wird wohl das Beste sein.« Muriel erhob sich und reichte ihrer Schwester die Hand. »Kommst du mit?«

»Und wenn … wenn der Geist noch da ist?«, fragte Vivien ängstlich.

»Dann gehen wir hin und fragen ihn, was er auf unserem Grundstück macht.« Muriel grinste schelmisch und fügte eilig hinzu: »Ach, Quatsch. Da ist nichts. Du wirst sehen.«

»Aber du gehst vor.« Zögernd ergriff Vivien Muriels Hand.

»Klar.« Muriel spielte die tapfere große Schwester fast perfekt. Wäre da nur nicht dieses Herzklopfen gewesen. Ein Glück nur, dass Vivien so sehr mit sich selbst beschäftigt war. Zwei Armlängen hinter Muriel ging sie auf das große Tor zu.

»Da«, flüsterte sie, als sie das Tor erreichten. »Da hinten habe ich sie gesehen.« Sie hob den Arm und deutete zu der alten knorrigen Eiche hinüber, in deren Schatten die Pferde wie so oft Schutz vor der Nachmittagssonne gesucht hatten. »Da war ich aber schon dichter dran.« Vivien versteifte sich. »Sie … sie hat mich angesehen.«

»Und dann?«

»Dann bin ich weggerannt.« Vivien schaute Muriel an und fügte fast trotzig hinzu: »Was hätte ich denn tun sollen? Ich hatte solche Angst. Der Geist war …«

»Es gibt keine Geister! Komm mit, wir sehen nach.« Die widerstrebende Vivien mit sich ziehend, marschierte Muriel auf die Eiche zu. Zwanzig Schritte vom Baum entfernt hielt sie an, fasste ihre Schwester bei den Schultern, schob sie vor sich und sagte: »Siehst du? Es ist niemand da. Kein Geist, keine Kobolde. Nichts. Nur Licht, Schatten und die Pferde.« Sie schaute Vivien an und grinste: »Na, wer ist hier nun das Hitzeopfer?«

»Das ist gar nicht komisch.« Vivien schnitt eine Grimasse. »Ich weiß, was ich gesehen habe.«

»Und ich weiß, dass ich mein Halfter gestern auf den richtigen Platz gehängt habe. Und vermutlich war Teresa auch ganz sicher, die Milch in den Kühlschrank gestellt zu haben.« Muriel knuffte Vivien freundschaftlich in die Seite. »Du siehst, wir fangen alle schon an zu fantasieren.«

»Aber ich …«

»Komm, wir holen jetzt die Pferde«, wechselte Muriel schnell das Thema. »Sonst wird es nichts mehr mit dem Ausritt heute Abend.« Sie ließ Vivien los und ging auf Ascalon zu. Das Halfter konnte sie ihm auch noch im Stall anlegen. Nötig war es ohnehin nicht. Ascalon wusste genau, was sie von ihm erwartete, ganz so, als ob er ihre Gedanken lesen konnte. Er war eben ein ganz besonderes Pferd. Langsam ging sie über die Wiese, als sie plötzlich einen Blick auf sich ruhen spürte.

Jemand beobachtete sie.

Muriel erschauerte. Es war ein fremdes und unheimliches Gefühl, und obwohl sie sicher war, dass nichts Böses darin lag, wurde ihr doch etwas mulmig zumute. Verstohlen reckte sie sich und schaute zum Wald hinüber. Und wirklich: Im Schatten der Bäume bewegte sich eine schemenhafte Gestalt.

Muriel sog die Luft scharf durch die Zähne. Vivien hatte die Wahrheit gesagt. Da war tatsächlich eine Frau in dunklen Gewändern – aber es war kein Geist! Sie war dieser Frau schon einmal begegnet. Vor ein paar Wochen hatte Ascalon sie auf einem wundersamen Ritt durch die Nacht zu ihr geführt und …

»Muriel!« Viviens Worte drangen wie aus weiter Ferne bis in ihre Gedanken vor. »Hilf mir mal.«

»Was ist denn?« Muriel konnte den Blick nicht vom Waldrand lösen, wo die Gestalt der Frau langsam mit den Schatten verschmolz.

»Nero will sich das Halfter nicht anlegen lassen.« Vivien klang ziemlich genervt.

»Oh … ja. Warte, ich helfe dir.« Ein letztes Mal wanderte Muriels Blick zum Waldrand.

Von der Frau war nichts mehr zu sehen.

Warum ist sie gekommen? Was hat das zu bedeuten?

Diese und andere Fragen schwirrten ihr im Kopf herum, als sie sich anschickte Vivien zu helfen, die immer noch vergeblich versuchte Nero das Halfter überzustreifen. Der Percheron-Wallach war sichtlich nervös. Jedes Mal, wenn der Strick ihn berührte, zuckte er zusammen und wandte den Kopf ab.

»Bestimmt hat er den Geist auch gesehen«, meinte Vivien. »Und jetzt hat er Angst.«

»Ach was. Ihm ist es sicher nur zu heiß«, entgegnete Muriel. Sie nahm Vivien das Halfter ab, packte Nero mit geübtem Griff an den Stirnhaaren und streifte es ihm über. »Siehst du, ist kein Problem«, sagte sie lachend, während sie Vivien den Führstrick reichte. »Vielleicht solltest du mal ein bisschen wachsen, dann ist es leichter.«

»Ha, ha.« Vivien schnitt eine Grimasse und stapfte in Richtung des Stalls davon.

Sie hatten die Pferde fast fertig geputzt, als Christian Vollmer überraschend in den Stall kam.

»Ah, das ist er also!«, sagte er mit einem bewundernden Blick auf Ascalon. »Ich muss sagen, du hast am Telefon nicht übertrieben. Ascalon ist wirklich ein Prachtkerl. Mir scheint, da hast du ein echtes Schnäppchen gemacht.«

»Na ja, wenn man bedenkt, wie er sich den anderen gegenüber verhalten hat, eigentlich nicht«, wandte Muriel ein, die sich noch gut daran erinnerte, wie bissig und unberechenbar Ascalon sich aufgeführt hatte, als er auf den Birkenhof gekommen war. Die Besitzerin, Madame de Chevalier, war völlig verzweifelt gewesen und hatte ihn daher Muriels Mutter anvertraut, die ihm allerdings auch nicht hatte helfen können. Am Ende hatte die Madame de Chevalier Ascalon nur noch loswerden wollen und so hatte er eine neue Heimat auf dem Birkenhof gefunden.

»Er mag mich wohl.« Muriel grinste.

»Ja, ich hörte schon, dass du einen guten Einfluss auf ihn hast.« Ihr Vater trat näher und klopfte Ascalon freundschaftlich auf den Hals. »Deine Mutter sagt, er benimmt sich tadellos, seit du dich um ihn kümmerst.«

»Muriel hat ihn geheilt!«, mischte sich Vivien in das Gespräch ein. »Seit er weiß, dass er hierbleiben kann, beißt er nicht mehr und lässt sich von allen streicheln.«

»Seit er es weiß?« Christian Vollmer runzelte die Stirn. »Wie meinst du das?«

»Vivien, das ist doch Blödsinn«, versuchte Muriel ihre Schwester aufzuhalten, bevor sie weiterplapperte. Aber Vivien war nicht zu bremsen. »Zuerst hat er Mama gebissen. Und nach mir hat er auch geschnappt. Dann hat er dem Makler den Anzug zerfetzt und den Jeep seiner Besitzerin demoliert. Ich hatte mächtig Angst vor ihm. Aber dann hat Mama gesagt, dass er hierbleiben kann, und Muriel hat es ihm erzählt. Jetzt ist er gaaanz lieb.«

»Stimmt das?« Christian Vollmer blickte seine älteste Tochter von der Seite her an.

»Na ja, irgendwie schon.« Muriel sah verlegen zu Boden und suchte nach den richtigen Worten. »Ich glaube, er fühlt sich hier wohl.«

»Ist ja auch kein Wunder, so wie du dich um ihn kümmerst.« Ihr Vater lachte. »Wenn da man nicht versteckte Talente schlummern«, sagte er. »Vielleicht solltest du ja ernsthaft darüber nachdenken, in die Fußstapfen deiner Mutter zu treten, wenn sie sich mal zur Ruhe setzt. Sie ist wirklich sehr beeindruckt davon, wie du diesen Wildfang gezähmt hast.«

»Also wirklich, Paps. Das ist doch noch so lange hin.« Muriel lachte. Sie war sehr erleichtert, dass ihr Vater die Besonderheiten bei ihr suchte und nicht bei Ascalon und fügte hinzu: »Ich kann es mir ja mal überlegen. Aber das Wichtigste ist, dass Ascalon wieder ganz gesund ist.«

»... und dass er hierbleiben kann«, ergänzte ihr Vater in Anspielung auf frühere Diskussionen, in denen Muriel sich so sehr ein eigenes Pferd gewünscht hatte. »Bei dir.«

»Stimmt!« Muriel schlang die Arme um Ascalons Hals. »Den gebe ich nie wieder her.«

»Nun, vielleicht kannst du dich trotzdem mal für eine Viertelstunde von ihm trennen.« Ihr Vater schmunzelte und fuhr an Vivien gewandt fort: »Und du auch von Nero. Teresa hat das Abendessen heute zeitig fertig gemacht, damit ihr vor dem Ausritt noch einen Happen zu essen bekommt. Sie hat mich gebeten, euch hereinzuholen.«

Das Königsgrab

»Hört mal, was hier steht!«

Ehe sich die Familie nach dem Abendessen wieder zerstreute, breitete Teresa eine Zeitung aus und sagte: »Es ist doch wirklich seltsam, dass ich den Artikel ausgerechnet heute in den Willenberger Nachrichten gefunden habe.« Sie nahm ihre Lesebrille zur Hand, setzte sie auf die Nase und las so laut, dass es alle hören konnten:

»Forscher stolpert in Priestergrab.

Durch Zufall entdeckten Archäologen im Hochland Guatemalas die sterblichen Überreste eines Maya-Priesters. Und das auf sehr ungewöhnliche Weise. Einer der Forscher brach in der Nähe von Tikal durch die Decke einer Grabkammer ein.

Die Archäologen fanden tönernes Geschirr, Gebeine und eine alte Trommel, Jadeschmuck und ein Jaguarfell. Im Erdreich des fünf Meter langen Hohlraums lagen zudem kleine Tonfiguren. Sie waren als Begleiter in die Welt der Toten beigefügt worden. Bei

den Gebeinen in dem Grab muss es sich um die Überreste eines hochrangigen Maya-Priesters handeln, so lautet der erste Schluss aus dem frischen Fund im Regenwald.
Das wertvollste Stück aus dem Grab aber ist ein hervorragend erhaltenes Dokument aus Rindenpapier. Dabei handelt es sich um eines der wenigen noch erhaltenen Schriftstücke der Maya, einen sogenannten Kodex aus kleinen Blättern, die wie ein Faltbuch gebunden sind. In der Hoffnung, einen weiteren dunklen Fleck in der Geschichte der Maya zu erhellen, wurde der kostbare Fund sofort nach Mexiko-Stadt geflogen, wo der Kodex in den kommenden Wochen entschlüsselt werden soll.«*

»Na toll, ein paar Scherben, Knochen und ein altes Stück Papier.« Mirko verzog geringschätzig das Gesicht. »Ich weiß wirklich nicht, was daran so interessant sein soll.« Er stand auf und sagte: »Ich geh dann mal. Gleich kommt das Kicker-Quiz im Fernsehen, das will ich nicht verpassen.«

»Dios mío! Du hast aber auch nichts als Fußball im Kopf.« Teresa machte eine theatralische Geste und schaute in die Runde. »Also ich finde es schon erstaunlich, dass dieser Artikel gerade jetzt erscheint, wo euer Vater heute zurückgekommen ist.«

»Warum? Das ist einfach nur Zufall.« Muriel schnappte sich einen Apfel und biss herzhaft hinein. »So was kommt vor«, sagte sie kauend. »Viel erstaunlicher finde ich, dass sie überhaupt darüber schreiben. Es ist doch nichts Besonderes, ein paar Scherben und ein altes Fell zu finden.

Wenn es wenigstens ein Schatz wäre, mit Gold und Edelsteinen, dann …«

»Genau genommen ist es ein Schatz«, wurde sie von ihrem Vater unterbrochen. »Du musst wissen, dass es kaum mehr als eine Handvoll dieser Mayaschriften gibt. Als die Spanier Mexiko eroberten, haben sie fast alle Aufzeichnungen der Ureinwohner verbrannt. Deshalb ist jedes gut erhaltene Schriftstück, das gefunden wird, für die Forscher von unschätzbarem Wert.«

»Wenn ich daran denke, dass die Forscher von den achthundertfünfzig verschiedenen Bilderschriftzeichen der Maya nur etwa die Hälfte lesen können, kann das Entziffern noch eine ganze Weile dauern«, mischte sich Muriels Mutter in das Gespräch ein. »Ich vermute mal, wir hören nie wieder etwas davon.« Sie stand auf und nickte Teresa zu. »Entschuldige, Resa, aber Christian, Titus und ich wollen noch einen Spaziergang machen, ehe die angekündigten Unwetter aufziehen.«

»Unwetter?« Vivien sprang auf. »Wir wollen doch noch ausreiten.«

»Keine Sorge.« Ihre Mutter schmunzelte. »Die Gewitter sollen erst heute Nacht kommen.«

Dann wurde sie ernst. »Aber ihr reitet trotzdem nicht so weit – verstanden? Und behaltet den Himmel im Auge. Man weiß ja nie.«

Es war noch nicht wirklich abgekühlt, als sich Muriel und Vivien wenig später mit den Pferden auf den Weg machten.

Im Wald war es still. Es hatte ganz den Anschein, als sei den Vögeln bei der Hitze die Lust aufs Singen vergangen. Nur hin und wieder war in den hohen Gräsern das Zirpen eines Grashüpfers zu hören.

Muriel und Vivien ritten im Schritt nebeneinander, unterhielten sich aber nur wenig. Vivien hing ihren eigenen Gedanken nach, während Muriel noch immer darüber nachsann, was es wohl bedeuten mochte, dass die Frau in den dunklen Gewändern Ascalon aufgesucht hatte. Ihre Gedanken wanderten zurück und sie erinnerte sich an ihre erste Begegnung.

In einer mondhellen Nacht hatte Ascalon sie zu der Frau getragen. In eine wundersame Welt aus Nebeln, in der sich eine verfallene Hütte in einen prächtigen Palast verwandelt hatte.

In diesem Palast hatte die Frau sie erwartet und sich ihr als die Schicksalsgöttin vorgestellt. Sie hatte ihr verraten, dass Ascalon die Fähigkeit besaß, durch die Zeit zu reisen, und ihr damit sein Geheimnis offenbart. Seit diesem Tag war Muriel Ascalons Gefährtin.

Der Ritt zur Wille dauerte eine gute halbe Stunde. Im Trab wären sie schneller an das Flüsschen gekommen, das die Stadt Willenberg in zwei Hälften teilte, aber den Pferden machte die schwülwarme Luft zu schaffen. Wenn überhaupt, ließen sie sich nur zu einem kurzen Zuckeltrab anspornen, um dann sofort wieder in einen gemächlichen Schritt überzugehen. Als sie die Nähe des Wassers spürten, begannen sie dann aber doch zu traben und fanden wie von selbst zu der seichten, schilfgesäumten Bucht, die sich so wunderbar für eine kurze Abkühlung eignete.

Muriel und Vivien führten die Pferde ins Wasser und ließen sie saufen. Der Uferbereich der Wille war angenehm schattig, allerdings tummelten sich hier viele Mücken, die nicht nur den Mädchen rasch lästig wurden. Dauernd zuckten die Pferde zusammen oder versuchten die lästigen Blutsauger mit dem Schweif zu verscheuchen.

»Verflixte Biester.« Wohl schon zum hundertsten Mal schlug Muriel nach einer Mücke, die sich auf ihrem Arm niederlassen wollte. »Das ist ja nicht auszuhalten. Wenn ich das gewusst hätte, hätte ich das Top gegen ein T-Shirt getauscht.«

»Das hilft auch nichts.« Auch Vivien war in einen schier aussichtslosen Kampf mit den Insekten verwickelt. »Die stechen da einfach durch.«

»Dann sollten wir hier lieber verschwinden.« Muriel erwischte eine Mücke mitten im Anflug auf ihren Arm. »Die Pferde werden schon nervös.« Sie ließ Ascalon wenden und führte ihn auf das Ufer zu, als der Wallach überraschend einen Satz machte, nach hinten ausschlug und ein Stück in den Wald hineinpreschte. Muriel musste ihr ganzes Können aufwenden, um nicht vom Pferd zu stürzen und das verschreckte Tier zu beruhigen. Hundert Meter vom Ufer entfernt brachte sie Ascalon schließlich zum Stehen und gönnte sich einen Augenblick der Ruhe, um wieder zu Atem zu kommen.

»Was war denn los?« Vivien schloss mit Nero zu ihr auf und blickte sie besorgt an.

»Keine Ahnung.« Muriel keuchte vor Anstrengung. »Vielleicht hat ihn eine Bremse erwischt. Bei dem Viehzeug, das da hinten herumschwirrt, würde es mich nicht wundern.«

»Das hast du klasse gemacht«, gab Vivien neidlos zu. »Ich wäre bestimmt runtergefallen.«

»Ich hatte auch viel Glück.« Muriel öffnete den Verschluss ihres Reiterhelms, nahm ihn ab und wischte sich mit dem Arm den Schweiß von der Stirn. »So ein Mist.« Mitten in der Bewegung hielt sie inne und blickte sich suchend um.

»Was ist?«, erkundigte sich Vivien.

»Meine Gerte!« Muriel sah zu Boden. »Sie ist weg.« Sie drehte sich um und schaute zurück zum Fluss. »Die ist mir bestimmt aus der Hand gerutscht, als Ascalon durchgegangen ist.«

»Dann müssen wir sie suchen.« Vivien wollte Nero wenden, aber Muriel hielt sie zurück. »Nicht mit den Pferden«, sagte sie bestimmt. »Ich laufe schnell zurück und hole sie. Ich möchte nicht, dass Nero auch noch gestochen wird.«

Während sie das sagte, glitt sie von Ascalons Rücken, reichte ihrer Schwester die Zügel und den Helm und sagte: »Hier, halt mal. Ich bin gleich wieder da.«

Auf dem Rückweg hielt Muriel den Blick fest auf den Boden geheftet. Aber ihre Hoffnung, die Gerte unterwegs zu finden, erfüllte sich nicht. Auch am Ufer der Bucht konnte sie diese nirgends entdecken.

»Mist.« Seufzend machte sie sich daran, ihre Chaps zu öffnen. Mit wenigen Handgriffen zog sie Schuhe und Strümpfe aus, raffte die Reithose bis über die Knie und watete vorsichtig ins warme Wasser. Der Boden war schlickig und fühlte sich unter den nackten Füßen ziemlich eklig an. Bei jedem Schritt wirbelten Algen und Schwebstoffe vom Boden auf, die ihr die Sicht erschwerten. Wie ein Storch auf Beutesuche setzte sie langsam einen Fuß vor den anderen – und hatte Glück. Keine drei Meter vom Ufer entfernt lag ihre Gerte. Das Wasser hier war klar und ruhig. Wie in einem Spiegel sah Muriel ihr eigenes Gesicht näher kommen, als sie sich bückte, um nach der Gerte zu greifen.

Dann, ganz plötzlich, veränderte sich das Bild.

Statt in das mädchenhafte Gesicht mit den langen braunen Haaren blickte sie nun in das Antlitz einer Frau. Die fein geschnittenen Züge wirkten jugendlich, bargen aber auch eine Ahnung von Weisheit und Würde in sich, die für gewöhnlich mit einem hohen Alter einherging. Die langen goldblonden Haare waren zu einer kunstvollen

Frisur hochgesteckt, von der einzelne Locken bis auf die Schulter hinabfielen. Um ihren Hals lag eine Kette aus funkelndem Geschmeide.

»S... Sie?« Muriel blinzelte, weil sie an eine Täuschung glaubte, aber das Bild verschwand nicht. Die Frau, deren Antlitz sich ihr im Wasser zeigte, war niemand anderes als die Schicksalsgöttin.

»Hab keine Furcht.« Die Lippen der Göttin bewegten sich nicht, aber Muriel hörte die Worte so klar, als würde sie zu ihr sprechen.

»Ich brauche deine Hilfe.« Körperlos schwebten die Worte ihr zu. Sanft und wohlklingend. »Heute Nacht wird Ascalon ...«

Klatsch!

Wassertropfen spritzten Muriel ins Gesicht, als etwas dicht neben ihr ins Wasser platschte. Wellen kräuselten die glatte Wasseroberfläche und kreisförmige Ringe ließen das Bild der Göttin verschwimmen.

»Sag mal, bist du eingeschlafen?« Das war eindeutig Viviens Stimme. Offenbar war ihr das Warten zu langweilig geworden und sie war mit den Pferden zum Fluss zurückgeritten.

»Vivien, ich habe dir doch gesagt, du sollst im Wald bleiben.« Muriel wischte sich das Wasser aus dem Gesicht und richtete sich auf. Die seltsame Vision hallte noch immer in ihr nach und sie hatte Mühe, den richtigen Tonfall zu treffen, als sie sagte: »Musst du denn immer so ungeduldig sein? Ich kann doch nicht hexen. Ich suche die Gerte, aber wenn du solche Wellen machst, dauert es doppelt so lange.«

»Ich habe aber keine Lust, da hinten auf dich zu warten«, sagte Vivien, hob die Stimme etwas und fügte spitz hinzu: »Ich will nämlich nicht nass werden. Oder hast du das Donnern eben nicht gehört?«

Hatte es gerade gedonnert? Muriel lauschte, hörte aber nichts. Schulterzuckend griff sie ins Wasser, holte die Gerte hervor und stapfte wieder an Land. Während sie sich noch ratlos nach etwas umschaute, mit dem sie sich die Beine abtrocknen konnte, donnerte es erneut.

»Da! Hörst du es jetzt?«, fragte Vivien schnippisch. »Es ist schon viel lauter als eben.«

»Ich bin ja nicht taub.« Muriel richtete den Blick prüfend gen Himmel, aber das dichte Blätterdach verhinderte, dass sie viel erkennen konnte. »Zu blöd«, murmelte sie vor sich hin, schlüpfte barfuß in die Stiefeletten und schwang sich in den Sattel. Da grollte auch schon der nächste Donner über den Himmel.

»Das klingt nicht gut«, sagte sie zu Vivien und versuchte sich ihr Unbehagen nicht anmerken zu lassen. »Gar nicht gut. Komm mit, wir reiten sofort nach Hause.«

Durch Sturm und Regen

Als könnten die Pferde die Eile der Reiterinnen spüren, jagten sie durch den Wald. Der betagte Percheron-Wallach gab sein Bestes. Es gelang ihm sogar, mit Ascalon Schritt zu halten, der sein Tempo auch ohne Muriels Zutun dem schwächeren Tier anpasste.

Der Zweitakt der Hufe hallte durch die zunehmende Dunkelheit, die in immer kürzeren Abständen von zuckenden Blitzen erhellt wurde, während der Donner immer lauter über den Köpfen der Mädchen grollte. Allein der Regen ließ noch auf sich warten, auch wenn die Luft schon so voll von Feuchtigkeit war, dass das Atmen schwerfiel.

»Hoffentlich kommen wir noch rechtzeitig nach Hause!«, rief Vivien Muriel zu. »Ich habe …« Ihre Worte wurden von einem krachenden Donnerschlag verschluckt, der den Boden erzittern ließ. Gleich darauf fegte eine

Sturmböe durch die Baumkronen. Der Wind riss Blätter und kleine Äste ab und brachte in seinem Gefolge die ersten eisigen Regentropfen mit sich.

»Wir müssen schneller reiten!« Muriel war ziemlich mulmig zumute. Es war nicht das erste Mal, dass sie bei einem Ausritt von einem Gewitter überrascht wurde, aber diesmal schien sich ein echtes Unwetter zusammengebraut zu haben.

Als hätte der Himmel alle Schleusen geöffnet, prasselte von einer Sekunde auf die nächste ein Sturzbach aus Regentropfen auf sie herab. Der Sturm zerrte wütend an den Bäumen, während sich Donner und Blitz so rasch abwechselten, dass kaum noch eine Pause dazwischen war.

Muriel hielt den Kopf gesenkt. Wasser rann ihr über das Gesicht. Haare und Kleidung klebten ihr nass und schwer auf der Haut. Sie fror.

Wann immer der Sturm es zuließ, vergewisserte sie sich durch einen raschen Blick über die Schulter, dass Vivien den Anschluss nicht verloren hatte. Sie konnte nur hoffen, dass ihre kleine Schwester der Situation gewachsen war. Zwar war Nero ein erfahrenes Pferd, das auch bei schlechtem Wetter nicht in Panik geriet, allerdings war dieses Unwetter eine echte Ausnahme.

»Warte!« Viviens Stimme war über das Tosen des Windes kaum zu hören, aber Ascalon reagierte sofort. Ohne Muriels Zutun wurde er langsamer und wartete, bis Nero zu ihm aufgeschlossen hatte.

»Ich hab Angst.« Vivien zitterte am ganzen Körper. Sie hatte die Zügel losgelassen und klammerte sich verzweifelt an Neros Mähne fest. Mit ihren durchweichten Klamotten, dem schief sitzenden Helm und den nassen Haaren bot sie einen mitleiderregenden Anblick.

Muriel wollte gerade etwas erwidern, um ihrer Schwester Mut zu machen, da entdeckte sie zwischen den Bäumen das Licht einer Hoflaterne. »Da! Da vorn ist es!« Der Sturm riss ihr die Worte von den Lippen, aber Vivien verstand sie dennoch. Muriel sah, wie sich ihre Miene aufhellte: Sie nahm sogar die Zügel wieder zur Hand und lenkte Nero auf das Licht zu.

Hagelkörner groß wie Erbsen prasselten auf die Erde, als Muriel und Vivien fünf Minuten später den schützenden Stall erreichten. Frierend und erschöpft, aber glücklich, dem Unwetter entkommen zu sein, machten sie sich sogleich daran, die Pferde von den Sätteln und den Trensen zu befreien, ehe sie die Tiere in die Boxen führten.

Muriel war überrascht zu sehen, wie viele Pferde der kleinen Birkenhof-Herde schon im Stall waren. Nur zwei der Boxen waren noch leer. Vermutlich hatte ihre Mutter das Unwetter rechtzeitig bemerkt und die Tiere schnell von der Weide geholt.

»Muriel! Vivien!« Über das Wüten des Windes hinweg, der wie entfesselt um das Stallgebäude toste, hörte Muriel die Stimme ihrer Mutter. Ein betagtes Shetlandpony an den Stirnhaaren mit sich führend, kam sie durch das Tor zur Weide in den Stall gelaufen. Sie trug eine gelbe Regenjacke und einen gleichfarbigen Regenhut mit breiter Krempe. »Gott, bin ich froh, euch heil und gesund hier zu sehen«, rief sie erleichtert aus. Sie ließ das Pony los, das den Weg in die Box allein fand, und nahm den Regenhut vom Kopf. »Ich habe mir schon große Sorgen gemacht.«

»Es ist alles gut gegangen.« Muriel füllte Ascalons Raufe mit frischem Heu, schloss die Tür der Box und ging auf ihre Mutter zu. »Wir sind nur nass geworden.«

Ein gleißender Blitz erhellte den Himmel und gab den Blick auf zwei schemenhafte Umrisse frei, die sich dem Stall von der Weide her näherten.

»Christian!« Muriels Mutter eilte auf das Tor zu. »Gott sei Dank, du hast Matador einfangen können. Der Arme war halb verrückt vor Angst. Ich fürchtete schon, er geht durch und springt über den Zaun.«

»Tja, ein richtiger Cowboy verlernt das Lassowerfen eben nie.« Lachend kam Muriels Vater in den Stall. Anders als ihre Mutter trug er noch immer Jeans und T-Shirt und war mindestens ebenso durchnässt wie seine Tochter. Erst auf den zweiten Blick erkannte Muriel, dass er Matador tatsächlich an einem Strick führte, den er wie ein Lasso um den Hals des Pferdes geschlungen hatte. Kaum, dass die beiden im Trockenen waren, löste er den Strick und gab Matador frei, der sofort in seine Box lief.

»Christian! Muriel! Helft mir doch mal mit dem Tor.« Renata Vollmer versuchte das große Tor zu schließen, aber der Wind zerrte so heftig daran, dass sie es nicht festhalten konnte. Erst als Muriel und ihr Vater ihr zur Hilfe eilten, gelang es ihnen, die beiden hölzernen Flügel zu verriegeln.

»Puh! Das ist ja schlimmer als der Monsun*.« Christian Vollmer lehnte sich mit dem Rücken gegen das Tor und wischte mit der Hand das Wasser fort, das ihm aus den Haaren über das Gesicht rann.

»Ja, heute ist es wirklich besonders schlimm.« Renata Vollmer nickte und fügte an Muriel und Vivien gewandt hinzu: »Hätte ich das geahnt, hätte ich euch den Ausritt verboten.«

»Hätten wir das gewusst, wären wir gar nicht erst losgeritten.« Muriel schlang fröstelnd die Arme um den Oberkörper und fragte: »Können wir jetzt reingehen? Mir ist kalt.«

»Mir auch.« Ihr Vater seufzte und sagte: »Der Monsun ist wenigstens ein warmer Regen.«

Draußen blitzte und donnerte es wieder. Etwas polterte vom Sturm getrieben über den Hof und der Regen, der auf das Dach des Stalls prasselte, wurde heftiger.

»Ich will aber nicht wieder durch den Regen laufen.« Vivien hatte die letzte Boxentür geschlossen und gesellte sich zu den dreien. Ihre Lippen bebten. Es war nicht zu übersehen, dass sie fror. Der Gedanke an das Unwetter schien für sie jedoch noch schlimmer als die Kälte zu sein.

»Ich auch nicht. Aber da müssen wir nun mal durch, Liebes.« Renata Vollmer zog ihre Regenjacke aus und reichte sie ihrer jüngsten Tochter. »Hier, die kannst du überziehen«, sagte sie fürsorglich. »Damit spürst du den Regen kaum.«

Vivien zögerte, dann zog sie die Jacke über. Sie war ihr viel zu groß und reichte fast bis zum Boden, aber sie bot Schutz vor Wind und Regen und das allein zählte.

»Fertig?« Christian Vollmer legte die Hand auf den Griff der Tür, die in dem großen Scheunentor eingelassen war, und blickte aufmerksam in die Runde.

Alle nickten.

»Also dann. Ihr lauft vor, ich komme hinterher. Achtung! ... Und los!« Kaum, dass er den Griff herunterdrückte und die Tür einen Spalt weit öffnete, riss der Wind sie ihm auch schon aus der Hand. Krachend schlug sie gegen die Wand, während ein Schwall eisiger Regentropfen in den Stall gedrückt wurde.

»Macht schnell!« Muriel konnte die Stimme ihres Vaters über das Rauschen der Baumkronen kaum verstehen. Hinter Vivien und ihrer Mutter schlüpfte sie aus dem Stall und kämpfte sich im Laufschritt über den sturmgebeutelten Hof. Blitz und Donner kamen nicht mehr in so rascher Folge, aber das Unwetter hatte noch nichts von seiner Kraft verloren. Als sie die Treppe vor der Haustür erreichte, schoss ein gleißender Blitz senkrecht zur Erde hinab und fuhr krachend in den Wald hinein.

»Dios mío! Der ist bestimmt ganz in der Nähe eingeschlagen.« Teresa riss die Haustür auf, um die Familie einzulassen. »Kommt schnell herein. Hier drinnen ist es warm und trocken.«

Zehn Minuten später saßen alle in trockener Kleidung bei einer heißen Tasse Tee im Wohnzimmer und beobachteten das Unwetter aus der behaglichen Sicherheit des Hauses heraus. Muriel und Vivien hatten sich einen dicken Handtuch-Turban um die nassen Haare geschlungen und sich in warme Decken gekuschelt.

»Was für ein Sturm.« Christian Vollmer seufzte. »Ich hoffe nicht, dass der Sommer damit zu Ende geht.«

»Bestimmt nicht.« Muriel gab sich zuversichtlich. »Die Sommerferien haben doch gerade erst angefangen.«

»Im Radio haben sie für die Nacht eine Unwetterwarnung ausgegeben«, bemerkte Teresa mit einem unbehaglichen Seitenblick aus dem Fenster, wo die Terrasse und der Garten gerade von einem Blitz erhellt wurden.

»Die Hauptsache ist, dass ihr alle heil im Haus seid«, meinte Muriels Mutter.

Etwas krachte, gefolgt von einem Geräusch, als ob etwas das Dach hinunterrutscht. Für Sekundenbruchteile war es still, dann ertönte auf dem Hof ein Scheppern, das sich rasch entfernte.

Alle schauten sich an.

»Was … was war das?«, fragte Vivien mit dünner Stimme.

»Ein Ast?« Christian Vollmer runzelte die Stirn. »Aber Äste scheppern nicht so laut.«

»Hoffentlich nicht die Abdeckung vom Schornstein.« Muriels Mutter wirkte besorgt.

»Weder noch!« Wie aus dem Nichts tauchte Mirko in der Tür zum Wohnzimmer auf. Er sah ziemlich ärgerlich aus. »Das war die Satellitenschüssel. Passt mal auf.« Mit wenigen Schritten war er am Fernseher und schaltete ihn ein.

Kein Bild. Kein Ton. Nichts. Das Einzige, was auf dem Bildschirm zu sehen war, war schmutziger Schnee. Dazu ertönte ein Rauschen, das an den Sturm draußen erinnerte.

»Toll, nicht?« Mirko schnitt eine Grimasse. »Damit hat sich die Sportschau wohl erledigt.«

»Der Sturm hat die Satellitenantenne abgerissen? Das ist wirklich ein herber Schlag.« Christian Vollmer nickte ernst. »Da kann man jetzt wohl nichts machen, aber sobald der Sturm aufhört, werde ich …«

Muriel hörte den beiden nicht länger zu. Etwas anderes hatte ihre Aufmerksamkeit geweckt. Da war etwas im Flimmern und Rauschen des Fernsehers. Etwas, das eine verborgene Saite in ihr berührte. Es war wie vor ein paar Wochen, als sie mitten in der Nacht erwacht und zu Ascalon auf die Weide gegangen war. Ein stummer Ruf, den nur sie hören konnte. Eine Botschaft, die nur für sie bestimmt war.

Wie gebannt starrte sie auf den Bildschirm, wo sich die weißen und hellgrauen Punkte plötzlich wie von Geisterhand zu bewegen schienen. Als folgten sie einem bestimmten Muster, formten sie langsam die Umrisse einer Person, die – Muriel hielt den Atem an – den Arm erhoben hatte und ihr zuzuwinken schien.

Muriel! Die knisternde Stimme hob sich nur undeutlich vom Störungsrauschen ab, aber Muriel verstand sie trotzdem. *Komm zu … mir … erwarte dich … meine Tochter.*

Und dann war da noch ein Wort. Eines, dass sich immer wiederholte, das sie aber nicht verstehen konnte.

Derrink!

Derrink? Unbewusst rutschte Muriel noch etwas dichter an den Fernseher heran. Dabei ließ sie die flimmernden Punkte nicht aus den Augen.

Derrink!

Da war es wieder. Eindringlich und fordernd. Ganz so, als ob es ungeheuer wichtig wäre. Und gleich noch einmal: *Derrink!*

Muriel runzelte die Stirn. Sie spürte, dass sie wissen musste, was damit gemeint war. Aber sosehr sie auch überlegte. Das Wort ergab keinen Sinn. Was zum Teufel bedeutete es?

Wieder hob die Gestalt auf dem Bildschirm den Arm. Muriel war so angespannt, dass sie nicht zu atmen wagte, während sie darauf wartete, dass sich das Wort noch einmal wiederholte.

Derrin…

Klick!

»Mann, das muss ja ein spannender Film sein!« Mirkos Lachen und das plötzliche Schwarz auf dem Bildschirm brachten Muriel schlagartig in die Wirklichkeit zurück. Erst jetzt bemerkte sie, wie dicht sie vor dem Fernseher hockte, und stellte beschämt fest, dass alle sie anstarrten.

»'tschuldigung.« Verlegen stand sie auf und setzte sich wieder auf ihren Platz. »Ich … Ich war ganz in Gedanken.« Sie versuchte ein Lächeln, das ihr jedoch ziemlich misslang.

»Fühlst du dich gut?« Ihre Mutter stand auf und legte ihr besorgt die Hand auf die Stirn. »Hm, Fieber hast du nicht.«

»Natürlich nicht.« Muriel machte es sich demonstrativ im Sessel bequem. »Mir fehlt nichts«, beteuerte sie fast trotzig. »Wirklich nicht. Ich hab nur nachgedacht.«

»Das haben wir gesehen. Du hast den Bildschirm angestarrt, als wäre dort ein Geist zu sehen.« Mirko lachte.

Ein Geist! Muriel erschrak. Sie war heilfroh, dass Vivien den Vorfall auf der Weide über dem Unwetter vergessen zu haben schien. Auf keinen Fall durfte es geschehen, dass Mirko sie mit seiner dummen Bemerkung daran erinnerte. Sie musste sie irgendwie ablenken. »Blödsinn!« Sie strafte Mirko mit einem verächtlichen Blick, stand auf und fasste Vivien am Arm. »Aber mir fällt gerade ein, dass Vivien und ich jetzt unbedingt ins Badezimmer müssen.«

»Wie ... was ... ich ?« Vivien blieb nicht die Zeit, etwas zu sagen. Muriel zog sie einfach hoch und führte sie vom Sofa fort.

»He, lass mich los! Ich will gar nicht ins Badezimmer.« Vivien protestierte und versuchte sich loszureißen, aber Muriel war stärker. »Wir haben die Handtücher schon viel zu lange um«, sagte sie bestimmt. »Wenn du nicht möchtest, dass du dir beim Kämmen die Hälfte der Haare ausrupfst, sollten wir ins Bad gehen und uns kämmen.« Mit der freien Hand riss sie Vivien das Handtuch vom Kopf, griff in die zerzausten Haare und zeigte sie Vivien. »Siehst du? Da kommt man ja jetzt schon kaum noch durch.«

Vivien murmelte etwas Unverständliches, wehrte sich aber nicht mehr. Muriel atmete auf. Die langen Haare waren Viviens ganzer Stolz. Es gab jedes Mal ein Mordstheater, wenn eine besonders verklettete Strähne abgeschnitten werden musste.

»Deine Schwester hat recht«, bekam Muriel unverhofft Unterstützung von ihrer Mutter. »Geht ruhig. Ich muss jetzt auch ins Büro und ein paar dringende E-Mails beantworten.« Sie warf einen bangen Blick aus dem Fenster und sagte: »Ich hoffe nur, der Strom fällt nicht auch noch aus.«

Des Rätsels Lösung

Zur großen Erleichterung aller fiel der Strom auf dem Birkenhof nicht aus. Das war nicht immer so, aber diesmal schien es der Sturm zumindest in dieser Beziehung gut mit ihnen zu meinen. So blieb es Muriel an diesem Abend erspart, mit einer Kerze in ihr Zimmer zu gehen und die Bettlektüre im Schein von Teelichtern zu lesen.

Als sie wenig später im Bett lag, war es draußen ruhig.

Der Sturm war abgezogen, aber die Natur gönnte den Bäumen wohl nur eine kurze Verschnaufpause, denn in der Ferne zuckten bereits wieder Blitze über den Himmel, die ein neuerliches Gewitter ankündigten.

Auch Mirko hatte sich wieder beruhigt. Das neue Autorennen für den PC, das er sich vor den Ferien gekauft hatte, fand auch bei seinem Vater begeisterten Anklang. Die beiden hatten sich in Mirkos Zimmer zurückgezogen, wo sie sich nun wilde Verfolgungsjagden lieferten. Ihre Jubel- und Verzweiflungsrufe drangen in unregelmäßigen Abständen bis in Muriels Zimmer vor und ließen erahnen, wer von den beiden ein Rennen gewonnen hatte.

Der Lärm trug seinen Teil dazu bei, dass Muriel sich nicht auf ihr Buch konzentrieren konnte. Aber das allein war nicht der Grund dafür. Jetzt, wo sie allein war, fand sie endlich Zeit, sich Gedanken über das seltsame Wort zu machen, das sie im Rauschen des Fernsehers gehört hatte.

Derrink.

Was war das nur für ein verrücktes Wort? Wie sie es auch drehte und wendete, es schien keinen Sinn zu ergeben. Aber es war wichtig. Sehr wichtig sogar. Mittlerweile war Muriel fest davon überzeugt, dass das häufige Auftauchen der Frau und die seltsamen Visionen kein Zufall waren. Etwas würde geschehen – noch heute. Da war sie sich ganz sicher.

Es klopfte und Vivien kam herein. »Du musst mir mal helfen.«

»Wenn's sein muss.« Muriel seufzte, klappte das Buch zu und setzte sich auf. »Also, was gibt es?«

Vivien machte das Deckenlicht an. »Ich weiß nicht, was besser zu dem Armband von Paps passt«, sagte sie und setzte sich neben Muriel auf das Bett. Das Armband mit den grün schimmernden Herzen lag um ihr Handgelenk. In der Hand hielt sie eine ganze Reihe andere Schmuckstücke. »Die Kette hier«, sagte sie und hielt eine silberne

Kette in die Höhe. »Die hat auch ein Herz als Anhänger. Aber das ist rot. Passt das zusammen?«

»Nee.« Muriel schüttelte den Kopf. »Zu dem grünen Armband gehört auch ein grüner Kettenanhänger. Rot geht gar nicht.«

»Und die Ohrringe?« Vivien zeigte Muriel ein Paar silberne Ohrstecker mit Pferden. »Das sind meine Lieblingsohrringe.«

»Die sind so weit weg von dem Armband, dass sie nicht stören. Außerdem sind sie auch nicht so groß.« Muriel schmunzelte. Manchmal konnte Vivien richtig niedlich sein. »Die kannst du zu dem Armband tragen.«

»Und der Ring hier, der ist auch …«

»Sag das noch mal!« Muriel schnappte nach Luft und fasste Vivien so fest am Arm, dass diese zusammenzuckte.

»Was?« Halb überrascht, halb erschrocken schaute sie Muriel an.

»Na, was du eben gesagt hast.«

»Ich hab gesagt, dass der Ring …«

»Der Ring!« Muriel schlug sich mit der flachen Hand gegen die Stirn. »Natürlich! Der Ring!« Sie lachte befreit auf. Endlich wusste sie, was die Stimme gesagt hatte. Der magische Ring, den sie von der Schicksalsgöttin bekommen hatte, lag noch immer gut versteckt in ihrer Schmuckschatulle. Bestimmt wollte die Stimme sie daran erinnern, dass sie ihn nicht vergessen durfte, wenn sie gerufen wurde.

»Danke!« In einem Anflug von schwesterlicher Zuneigung umarmte Muriel die verdutzte Vivien und sagte: »Du hast mir gerade sehr geholfen.«

»Wirklich?« Vivien runzelte die Stirn. »Wie denn?«

»Ist nicht wichtig.« Muriel winkte ab. »Jetzt zeig mal den Ring.«

»Erst wenn du mir sagst, wie ich dir geholfen habe.«

»Mach ich aber nicht.«

»Dann zeig ich dir den Ring auch nicht.« Vivien verschränkte die Arme vor der Brust.

»Auch gut, dann kannst du ja wieder gehen.«

»Du bist je so gemein.« Vivien steckte Muriel die Zunge heraus.

»Nö.« Muriel grinste.

Vivien schien zu spüren, dass sie so nicht weiterkam. Eine Weile zögerte sie noch, dann streckte sie die Hand aus und ließ den Ring im Licht funkeln. »Passt der nun zum Armband oder nicht?«, fragte sie zerknirscht.

»Der passt wunderbar.« Muriel nickte. »Er ist schlicht und stiehlt dem Armband nicht die Show.«

»Gut, dann trage ich das zur Einschulung.« Vivien stand auf und lief zur Tür. »Ohne die Kette natürlich.« Sie huschte hinaus und ließ die Tür hinter sich ins Schloss fallen.

Muriel wartete noch einen Augenblick. Bei Vivien konnte man nie sicher sein, dass sie nicht doch noch einmal zurückkam.

Als alles ruhig blieb, sprang Muriel vom Bett und ging zu der kleinen Anrichte, in der sie ihren Schmuck und allerlei andere persönliche Dinge aufbewahrte. Sie öffnete die oberste Schublade und nahm ihre Schmuckschatulle heraus. Das Kästchen sah aus wie eine richtige Piratenschatzkiste. Innen war es mit rotem Samt ausgeschlagen und besaß zwei fein gepolsterte Einlegeböden mit Unterteilungen für die verschiedenen Schmuckstücke.

Ganz unten, wo man ihn nicht sofort entdeckte, lag der Ring. Muriel nahm ihn an sich und fuhr mit dem Finger ehrfürchtig über die feinen verschlungenen Linien und die beiden Runen*, die den Ring zierten.

»R und M«, murmelte sie leise vor sich hin, »R für Reise und für die innere Führung. M für Pferd. Für Vertrauen, Treue und Beweglichkeit.« Sie spürte ein leichtes Erschauern, als sie daran dachte, wie sie den Ring bekommen hatte.

Damals in jener schicksalshaften Nacht, als Ascalon sie zum ersten Mal zu der Hütte auf der Lichtung geführt hatte, hatte die Schicksalsgöttin selbst ihr den viel zu großen Ring auf den Finger gesteckt und gesagt: »*Dies ist der Ring der Wächter. Er wird von Generation zu Generation weitergegeben und ist etwas ganz Besonderes. Einst von einem Schmied der Wikinger für mich geschaffen und mit der Macht zweier germanischer Schriftzeichen versehen, besitzt er die Gabe, sich jedem Träger anzupassen …*«

Als sie die Hände fortgenommen hatte, hatte sich der

Ring wie durch ein Wunder an ihren Finger angepasst. Sie konnte sich nicht erklärten, wie das geschehen war, aber das war auch nicht wichtig. Der Ring gehörte nun ihr. Er war der Beweis, dass sie in jener Nacht nicht geträumt hatte. Der Beweis dafür, dass es die Lichtung mit der Hütte und die Schicksalsgöttin wirklich gab – und dafür, dass sie wirklich eine Wächterin des Schicksals war.

Muriel holte tief Luft und steckte sich den Ring an den Finger. Nach den mysteriösen Ereignissen des Tages hielt sie es für sicherer, ihn über Nacht zu tragen.

Sorgfältig legte sie die Einlegeböden zurück in die Schatulle. Dabei fiel ihr Blick auf die Silberkette mit dem Opferdolch, die ihr Vater ihr mitgebracht hatte.

Einer plötzlichen Eingebung folgend, nahm sie die Kette heraus, legte sie sich um den Hals und trat vor den Spiegel. Kühl und glatt lag das Metall auf der Haut. Kette und Anhänger funkelten im Licht der Deckenlampe. Die Kette war hübsch. Und sie war außergewöhnlich. Fast wie der Ring. Nur magisch war sie nicht. Ein hübsches Souvenir, gefertigt für die Touristen, die die alten Mayastädte jedes Jahr zu Tausenden besuchten. Muriel machte sich nichts vor. Vermutlich liefen Hunderte von Frauen und Mädchen auf der ganzen Welt mit so einer Kette herum.

»Aber hübsch ist sie trotzdem.« Muriel lächelte ihrem Spiegelbild zu. »Und ich bin sicher die Einzige in ganz Willenberg, die so eine Kette besitzt.«

Draußen donnerte es. Ziemlich laut. Das Gewitter war

schon sehr nahe. Das Licht flackerte, erlosch kurz, ging dann aber wieder an.

»Na toll.« Muriel wollte die Kette gerade wieder abnehmen, als die Zimmertür aufflog und Vivien hereingestürzt kam.

»Muriel, kann … kann ich heute Nacht bei dir bleiben?«, fragte sie mit großen Augen. »Du weißt doch, dass ich bei Gewitter nicht schlafen kann.«

»Nein!« Muriel schüttelte energisch den Kopf. Das Letzte, was sie in dieser Nacht gebrauchen konnte, war Schlafbesuch.

»Ich brauche deine Hilfe. Heute Nacht wird Ascalon …«

Noch einmal hörte sie die Worte, die ihr die Stimme am Fluss zugeraunt hatte. Heute Nacht. Das konnte nur bedeuten, dass die Schicksalsgöttin Ascalon und sie zu einem Abenteuer rufen würde. Nicht auszudenken, wenn Vivien etwas davon mitbekam.

»Vivien, es geht wirklich nicht«, hob Muriel noch einmal an. »Geh doch zu …« Mam, wollte sie sagte, aber dann fiel ihr ein, dass das Bett neben ihrer Mutter ja nicht mehr frei war. »… zu Teresa.«

»Teresa schnarcht.« Vivien ließ sich auf Muriels Bett plumpsen und machte ein unglückliches Gesicht. »Und bei Mama ist kein Platz mehr.«

Ein Blitz zuckte über den Himmel.

»Einundzwanzig, zweiundzwanzig, dreiundzwanzig …« Vivien verstummte, als der krachende Donner folgte. »Das

Gewitter ist nur noch einen Kilometer weg«, sagte sie mit dünner Stimme. »Bitte, Muriel, darf ich hierbleiben? Ich will nicht alleine sein.«

»Vivien, du bist doch kein Baby mehr.« Muriel schüttelte energisch den Kopf. »Das Gewitter tut dir nichts.«

»Im Radio haben sie gesagt, dass heute Nachmittag ein Reetdachhaus abgebrannt ist, weil da ein Blitz eingeschlagen hat, und wir wohnen doch auch in einem Reetdachhaus.« Der Blick, mit dem Vivien Muriel bedachte, sagte alles.

»Glaubst du etwa, der Blitz überlegt es sich anders und schlägt nicht ein, nur weil du bei mir im Zimmer bist?« Allmählich wurde Muriel ärgerlich. An einem anderen Abend hätte sie sich vielleicht erweichen lassen, aber nicht an diesem. Nicht, wenn es sein konnte, dass in der Nacht ein Abenteuer auf sie wartete.

Es blitzte und donnerte wieder und diesmal war der Abstand schon viel kürzer. Gleichzeitig frischte der Wind auf und zerrte an den Fensterläden.

»Bitte.« Vivien ließ nicht locker.

»Nein.« Muriel blieb hart.

»Mama hat gesagt, sie möchte heute keinen Ärger«, verlegte Vivien sich auf eine andere Taktik.

»Ich hab dich auf den Ausritt mitgenommen und dich den ganzen Tag ertragen.« Muriel versuchte ruhig zu reden. »Aber heute Nacht will ich meine Ruhe haben.«

Es blitzte und donnerte fast gleichzeitig. Und als sei dies

ein Zeichen gewesen, öffnete der Himmel erneut die Schleusen.

Der prasselnde Regen wurde von dem Wind ins Fenster gedrückt, das wegen der Hitze weit offen stand. Die Vorhänge bauschten sich und einige Notizblätter wehten vom Tisch.

Muriel lief zum Fenster und schloss hastig die Läden.

»Ich hab aber Angst«, murmelte Vivien kleinlaut.

»Das musst du nicht.«

»Hab ich aber.«

»Schluss jetzt.« Muriel ging zur Tür und öffnete sie weit. »Raus mit dir, bevor ich wütend werde. Du kannst dich ja in Mirkos Bett kuscheln. Paps und er spielen bestimmt noch die halbe Nacht, dann kann Paps dich in dein Bett tragen.«

»Ich will aber bei dir …«

»Kommt nicht infrage.« Muriel ging zu Vivien, packte sie an den Schultern und schob sie vor sich her aus dem Zimmer. »Ich will heute keinen Übernachtungsbesuch.« Mit einem sanften Schubs beförderte sie ihre kleine Schwester auf den Flur und schloss die Tür ab.

»Du bist ja so gemein«, tönte es von draußen. Ein paar Mal rüttelte Vivien noch am Türgriff und klopfte mit der Faust gegen das Holz, dann ließ ein erneuter Blitzschlag das Licht flackern. Vivien stieß einen spitzen Schrei aus und verschwand in Mirkos Zimmer.

»Endlich Ruhe.« Muriel atmete auf und schaute auf die

Uhr. Fast halb elf. Eigentlich war es Zeit, schlafen zu gehen, aber sie fühlte sich überhaupt nicht müde.

Muriel löschte das Licht, legte sich aufs Bett, verschränkte die Arme hinter dem Kopf, schloss die Augen und wartete. Das Gewitter war nicht so heftig wie das Unwetter am Nachmittag. Muriel fand es richtig gemütlich, einfach nur so dazuliegen und dem Regen zu lauschen, der mit Blitz und Donner auf den Birkenhof niederging, während der Wind rauschend durch die Bäume fuhr …

… und dann, ganz plötzlich, war es vorbei.

Seltsamerweise war es gerade die Stille, die Muriel weckte.

Sie öffnete die Augen, lag ganz ruhig und lauschte.

Nichts.

Kein Regen, kein Blitz und kein Donner. Das Gewitter war abgezogen. Auch im Haus war es ruhig. Ein kurzer Seitenblick auf den Radiowecker bestätigte ihr, was sie schon vermutete. Es war Viertel nach zwei. Sie hatte mehr als drei Stunden geschlafen.

Muriel hielt den Atem an und horchte in sich hinein.

Und wirklich: Da war es wieder. Das unbestimmte Gefühl, gerufen zu werden. Ein stummer Ruf, der von Minute zu Minute stärker wurde und sie drängte, das Haus zu verlassen. Diesmal war Muriel nicht überrascht. Nach den Ereignissen des Tages hatte sie schon damit gerechnet. Aufgeregt war sie trotzdem. Die Schicksalsgöttin brauchte ihre Hilfe. Nun würde sich zeigen, auf was sie sich mit ihrem Bekenntnis zu Ascalon eingelassen hatte.

Ihr Herz klopfte so laut, dass sie glaubte, jeder müsse es hören, als sie die Tür öffnete, die knarrende Holztreppe hinunterschlich und den dunklen Flur entlang zur Haustür huschte.

Titus hörte sie kommen, doch anders als bei ihrem ersten heimlichen Ausritt, hob er nur träge den Kopf und rührte sich nicht. Vermutlich war er nach dem langen Spaziergang am Nachmittag so erschöpft, dass er gar kein Interesse an einer Nachtwanderung hatte.

Ist mir nur recht, dachte Muriel bei sich, während sie nach ihren Sneakers griff und mit den Schuhen in der Hand hinausschlich.

Die Nacht war warm, die Luft tropisch feucht. Es roch nach Regen. Ringsumher tropfte es von den Bäumen, während die ersten Fledermäuse schon wieder auf der Jagd nach Insekten waren. Muriel schaute sich um. Der Hofplatz war ein großes aufgeweichtes Schlammfeld, auf dem sich Pfütze an Pfütze reihte.

»Mist.« Sie warf einen prüfenden Blick auf ihre Sneakers und schätzte die Entfernung zur Stalltür. Das Ergebnis war nicht gerade erfreulich. Gummistiefel wären für den Weg wohl angebrachter gewesen. Noch einmal hineinzugehen, um sich andere Schuhe anzuziehen, wagte sie aber nicht.

Muriel seufzte und schlüpfte in die Schuhe. Den Dreck

würde sie Teresa morgen früh irgendwie erklären müssen, aber darüber würde sie sich später Gedanken machen.

In der Hoffnung, größere Verschmutzungen verhindern zu können, stakste sie im spärlichen Licht der Hoflaterne mit langen langsamen Schritten über den Hof – vergeblich. Als sie den Stall erreichte, waren die Sneakers bis zum Knöchel mit Schlamm verschmiert.

Ascalon bemerkte sie sofort. Er schnaubte unruhig und scharrte mit dem Huf. »Beeil dich«, schien er zu sagen.

»Ich komm ja schon.« Muriel gab den sinnlosen Versuch auf, die Schuhe im trockenen Stroh zu säubern, und trat an die Box. »Du spürst es auch, nicht wahr?«, fragte sie und strich dem Wallach sanft über das seidige Fell.

Ascalon schnaubte leise.

Muriel öffnete die Tür der Box, fasste Ascalon an den Mähnenhaaren und führte ihn zum rückwärtigen Tor, das auf die Wiese hinausführte. Dahinter lagen zwei uralte Autoreifen übereinander, die die Türflügel bei schönem Wetter offen hielten. Muriel führte Ascalon dort hin, kletterte auf den kleinen Reifenstapel und schwang sich auf seinen Rücken. Für diesen Ritt brauchte sie weder Sattel noch Trense. Ascalon kannte den Weg. Sie fühlte, wie er die Muskeln spannte, und atmete tief durch. »Lauf!«, flüsterte sie ihm zu und hielt sich an der blonden Mähne fest, als Ascalon antrabte.

Der Brunnen der Zeit

Es war stockdunkel, aber Ascalon schien das nicht zu kümmern. Mit traumwandlerischer Sicherheit trug er Muriel über die Wiese. Es war, als würde er fliegen. Seine Hufe schienen den Boden kaum zu berühren, während er gespenstisch lautlos auf das weiße Tor am anderen Ende der Wiese zuhielt.

Der Stall blieb hinter ihnen zurück. Muriel sah die alte Eiche wie den Schatten eines Riesen vor sich auftauchen, doch der Moment verging so schnell, wie er gekommen war, und schon im nächsten Augenblick waren sie daran vorbei.

Der Zaun. Irgendwo da vorn musste er sein.

Muriel klammerte sich an der Mähne fest, während sie mit angehaltenem Atem auf den Sprung wartete. Ein Teil von ihr fürchtete sich vor dem, was kommen würde. Aber die Magie des Rittes und das berauschende Gefühl des beginnenden Abenteuers waren stärker und drängten die Stimme der Vernunft zurück, die ihr zuflüsterte, dass es gefährlich werden konnte.

Sie spürte, wie Ascalon die Muskeln anspannte, presste die Lippen fest aufeinander und neigte sich leicht nach vorn. Da erhoben sich die Vorderhufe des Wallachs auch schon in die Luft, während er sich gleichzeitig kraftvoll mit den Hinterbeinen abstieß und sprang.

Wie schon bei ihrem ersten Sprung über das Tor schien sich die Zeit auch diesmal wieder zu dehnen. Die Geräusche ringsumher verstummten und selbst der Windhauch, den Muriel auf dem Gesicht gespürt hatte, war fort.

Wie in Zeitlupe sah sie das helle Gatter unter sich dahinziehen. Obwohl es diesmal zu dunkel war, um Einzelheiten zu erkennen, war es wieder ein wundersamer Augenblick voller Stille und Magie, der sich endlos zu dehnen schien.

Mit einem sanften Ruck setzten die Hufe jenseits des Tors auf. Die Zeit fand den Rhythmus wieder und Ascalon preschte in den Wald hinein. Hier war es noch finsterer als auf der Wiese. Die Schatten der Bäume verschmolzen zu einer Mauer aus Dunkelheit in der Schwärze der Nacht. Ascalon kümmerte das nicht. Immer schneller und schneller ritt er, bis der Hufschlag zu einem lautlosen Trommelwirbel wurde.

Muriel schloss die Augen. Sie liebte scharfe Ritte und wünschte, sie könne ewig so weiterreiten.

Nach einer Zeit, in der Minuten oder auch Stunden vergangen sein konnten, wurde Ascalon langsamer und fiel in einen leichten Trab. Muriel atmete tief durch und setzte sich auf. Ihre Wangen waren gerötet, ihr Haar zerzaust und das Hochgefühl des scharfen Ritts hallte noch in ihr nach. Blinzelnd schaute sie sich um und fand sich, wie schon bei ihrem ersten Ausflug mit Ascalon, in dem Wald wieder, der ihr fremd und vertraut zugleich war.

Alles sah noch genauso aus, wie sie es in Erinnerung hatte. Der Mond schien und warf sein silbernes Licht auf exotisch anmutende Bäume mit gefurchten Stämmen und Ästen, die aussahen wie die Tentakel einer riesigen Krake. Andere hatten dicke Äste mit knollenartigen Kronen und wieder andere liefen nach oben hin spitz zu. Dazwischen gab es Büsche mit silbernen, trichterförmigen Blüten und andere seltsame Gewächse.

Eines jedoch war anders als bei ihrem ersten Besuch in dem verwunschenen Wald; diesmal wusste sie ganz sicher, dass sie nicht träumte. Die Pflanzen hier waren so wirklich wie sie selbst und was geschah, war so real wie eine Mathestunde am Willenberger Gymnasium. Sie versuchte erst gar nicht Ascalon zu lenken. Der Wallach kannte den Weg und würde sich durch nichts davon abbringen lassen.

So nahm sich Muriel die Zeit, die fremdartige Schönheit der Umgebung zu bewundern, bis sie in der Ferne einen hellen Flecken zwischen den Bäumen entdeckte.

Die Lichtung.

Muriel erschauerte.

Ihr Herz klopfte heftig, als Ascalon aus dem Wald trat und durch den wogenden Nebel auf die Hütte zuschritt, die mitten auf der Wiese stand.

Auch hier wirkte alles unverändert. Hinter dem einzigen Fenster brannte noch immer das Licht und aus dem windschiefen Schornstein stieg die fast schon vertraute Rauchsäule auf. Selbst der Mond schien sich nicht von der Stelle bewegt zu haben.

Ascalon schnaubte leise. Dann blieb er stehen. Und als sei dies ein Zeichen gewesen, schwang nur einen Wimpernschlag später die Tür auf.

»Ich heiße euch willkommen!« Gewandet in ein ärmelloses, diesmal weinrotes Kleid mit goldenen Stickereien, das um die Taille von einer golddurchwirkten Kordel gehalten wurde, trat die Schicksalsgöttin ins Mondlicht. Die goldblonden Haare hatte sie kunstvoll hochgesteckt, Arme und Dekolleté zierten goldene Reifen.

Sie wirkte jung und schön wie immer, aber Muriel wusste, dass der Anblick täuschte. Die Göttin war alt. Unbeschreiblich alt. Älter, als Muriel es sich in ihren kühnsten Träumen ausmalen konnte. Doch wie es sich für eine Göttin gehörte, schienen die Jahrhunderte spurlos an ihr vorübergegangen zu sein.

»Ascalon.« Die Göttin lächelte und strich dem Wallach zur Begrüßung sanft über den Nasenrücken. »Ascalon, mein treuer Freund. Es tut gut, dich zu sehen.« Sie wandte sich Muriel zu und ihr Lächeln vertiefte sich. »Und auch dich, Muriel«, sagte sie voller Wärme. »Ich weiß sehr wohl, wie viel Mut es erfordert, dem ersten Ruf zu folgen. Umso mehr bewundere ich dich, dass du so schnell gekommen bist.«

Der Blick der Göttin war Muriel unangenehm. Es erschien ihr nicht richtig, auf die ältere Frau hinabzublicken. Hastig rutschte sie von Ascalons Rücken und streckte die Hand aus, um die Göttin zu begrüßen. »Ich habe versprochen, Ihnen zu helfen«, sagte sie, weil sie sich immer noch nicht sicher war, wie man eine Göttin ansprach. »Und das halte ich auch.«

»Das ist wahrlich eine lobenswerte Einstellung.« Die Göttin neigte leicht den Kopf, als müsse sie überlegen, und sagte dann: »Ich wünschte, mehr Menschen hätten diesen einfachen Ehrenkodex im Lauf der Geschichte beachtet. Dann wären ...« Sie verstummte und sah Muriel aus ihren hellblauen Augen an. »Ach, was rede ich da«, sagte sie, machte eine Handbewegung, als wolle sie etwas verscheuchen, und deutete auf die Hütte. »Komm herein. Ich möchte dir etwas zeigen.«

An der Seite der Göttin ging Muriel auf die Hütte zu. Sie war klein und wirkte baufällig, aber Muriel wusste, dass das nicht stimmte.

»Bitte.« Die Göttin bedeutete ihr, als Erste einzutreten, und obwohl Muriel wusste, was sie drinnen erwartete, verschlug es ihr beim Eintreten auch diesmal wieder die Sprache.

Der Innenraum der Hütte war riesig. Die hohe kuppelförmige Decke ruhte auf glänzend polierten Marmorsäulen. Glänzende Fliesen bedeckten den Boden und farbenprächtige Mosaike schmückten die Wände. Aus einem Brunnen in der Mitte plätscherte kristallklares Wasser in ein großes Auffangbecken und ein Kamin, in dem ein knisterndes Feuer brannte, verströmte eine heimelige Wärme. Wohin sie auch blickte, überall gab es antike Kostbarkeiten zu entdecken: wertvolle Teppiche, schöne Statuen und allerlei andere kunstvoll gearbeitete Dinge. Was von außen wie eine ärmliche Hütte aussah, entpuppte sich beim Eintreten als ein Palast, der einer Göttin mehr als würdig war.

Muriel ging auf einen der beiden großen Korbstühle am Kamin zu, auf dem sie schon bei ihrem letzten Besuch gesessen hatte. Aber die Göttin hielt sie zurück. »Warte«, sagte sie, fasste Muriel an der Schulter und führte sie zum Brunnen, auf dessen Rand Wasser in einer flachen Silberschale bereitstand. »Das ist der Brunnen der Zeit«, erklärte sie mit bedeutungsvoller Stimme. »Sein Wasser fließt so schnell, wie die Zeit verrinnt.«

»Dann wird er niemals versiegen«, folgerte Muriel. Sie spürte, dass es nicht sonderlich beeindruckt klang. Aber sie hatte auch große Mühe, sich vorzustellen, dass dieser Brunnen etwas mit der Zeit zu schaffen haben sollte.

»Nun, das wollen wir doch hoffen.« Die Göttin blieb ernst. »Viel wichtiger aber ist der Dienst, den er mir bei meiner Suche erweisen kann.«

»Und wie macht er das?«

»Der Brunnen ist voller Bilder«, erklärte die Göttin.

»Bilder?« Muriel warf einen skeptischen Blick auf die klare Wasseroberfläche.

»Nun, es gehört schon ein wenig mehr dazu, die Bilder zu sehen.« Die Göttin schmunzelte und deutete auf das fließende Wasser. »Das ist die Zeit, die gerade verstreicht«, erklärte sie, führte die Hand nach unten und zeigte auf das Becken, in das sich das Wasser ergoss. »Das ist die Zeit, die bereits verstrichen ist.« Sie ging um den Brunnen herum und deutete auf eine steinerne Rinne am Boden, durch die das Wasser aus dem Becken abfloss und in einem Loch im Boden verschwand. »Und das ist die Zeit, die verloren ist.«

Muriel überlegte. »Und wie viel Wasser … ähm, wie viel Zeit ist dann in dem Becken?«

»Etwa ein Monat.« Die Göttin ging zurück zur Silberschale. »Bei deinem letzten Besuch habe ich dir gesagt, dass ich weder in die Vergangenheit noch in die Zukunft sehen kann«, sagte sie. »Das ist richtig. Aber nur fast, denn in diesem Wasser kann ich noch einmal die Ereignisse des letzten Monats sehen.«

»Von der ganzen Welt?« Muriel konnte nicht glauben, was sie da hörte.

»Von der ganzen Welt.« Die Göttin nickte. »Ohne diesen Brunnen wäre es mir nicht möglich, all die Dinge ins Lot zu bringen, die ich … nun, sagen wir mal, versäumt habe.«

»Aha. Ohne den Brunnen würden Sie also nie erfahren, wo gerade ein Geheimnis gelüftet wird, das die Menschen noch nicht wissen sollen.« Muriel glaubte, verstanden zu haben.

»Richtig!« Die Göttin nickte, schüttelte dann aber den Kopf. »Obwohl. Na ja. Nicht ganz. Ich würde es zwar erfahren, aber ich hätte nichts, das ich für die Suche verwenden könnte.« Sie holte tief Luft und sagte: »Pass auf, es ist so: Wenn irgendwo auf der Welt ein Mysterium entdeckt wird, das durch meine Unachtsamkeit verschollen ist, dann spüre ich das sofort. Meistens erfahre ich davon durch eine Vision, die mir entscheidende Hinweise gibt. Aber wie das mit den Visionen so ist, sind sie oft ungenau und verworren. Ich muss wissen, was genau wann und wo geschehen ist, sonst könnte es passieren, dass ich dich und Ascalon in eine falsche Zeit oder an einen falschen Ort schicke – verstehst du?«

»Ja.«

»Gut. Wenn ich also eine Vision hatte, dann gehe ich an diesen Brunnen und beginne zu suchen, indem ich mir Bilder zeigen lasse, die zu der Vision passen. Dabei muss ich schnell sein, sonst …« Sie deutete auf den Abfluss am Boden. »… sind sie verloren.«

»Aha.« Muriel nickte.

»Wenn ich die passenden Bilder finde, kann ich den Ort und die Zeit eines Ereignisses ziemlich genau bestimmen«, fuhr die Göttin fort. »Aber erst, wenn ich sicher bin, alle Einzelheiten zu kennen, die für euch wichtig sind, rufe ich euch.«

Muriel wollte etwas fragen, aber die Göttin hob Einhalt gebietend die Hand und sprach einfach weiter. »Ich will dir nun zeigen, was ich gefunden habe, nachdem mich die letzte Vision vor etwa zwei Wochen – nach deiner Zeitrechnung – erreichte.« Sie hob die Hand und bewegte sie kreisend über der Silberschale, während sie gleichzeitig Wörter in einer altertümlichen Sprache murmelte, die Muriel nicht verstand.

Muriel schaute gespannt auf die Wasseroberfläche und wirklich: Ganz langsam formte sich dort ein Bild.

Es zeigte zwei Männer in einem dichten Wald. Sie gingen hintereinander einen steilen Abhang hinunter. Dann, ganz plötzlich, war der hintere Mann verschwunden. Der Vorausgehende wandte sich um und lief zurück. Vor ihm tat sich ein dunkles Loch im Boden auf. Er kniete sich hin und leuchtete mit seiner Taschenlampe hinein. Zwei Meter unter ihm kauerte der andere Mann in einem Hohlraum. Er hatte seine Taschenlampe eingeschaltet, winkte seinem Freund aufgeregt zu und sagte etwas, das nicht zu verstehen war.

Die Göttin strich mit der Hand über das Wasser und das Bild wechselte.

Nach und nach formten sich die Umrisse von tönernem Geschirr, von Schmuck und Gebeinen, die am Boden einer Höhle lagen. Muriel entdeckte eine Knochenhand, die zur Hälfte aus der Erde ragte, und bunte Tonscherben, unter denen etwas Helles hervorschaute, das wie ein schmutziges Stück Tuch aussah.

Dann kam Bewegung in das Bild. Der Lichtschein einer Taschenlampe huschte über den Höhlenboden, verharrte auf der Knochenhand und wanderte zu den Scherben, die einen Menschen und ein Tier zeigten, das wie ein Hirsch aussah. Hände tauchten auf, holten das helle Stück Gewebe unter den zerbrochenen Überresten hervor und hielten es prüfend ins Licht. Sekunden später entfernte sich das Licht und mit ihm der seltsame Stofffetzen. Die bleichen Finger blieben in der Dunkelheit zurück.

Die Göttin strich wieder über das Wasser und blickte Muriel aufmerksam an. »Nun?«, fragte sie.

»Das war cool.« Muriel war schwer beeindruckt.

»Erinnert dich das an etwas?«

»Nein.« Muriel runzelte die Stirn. »Sollte es?«

Die Göttin nickte. »In der Tat.«

Muriel dachte angestrengt nach. Was sollten die Bilder ihr sagen? Sie hatte sie doch noch nie gesehen. Der eine war irgendwo eingebrochen, in eine Höhle oder so. Allem Anschein nach hatte er aber noch mal Glück gehabt. Jedenfalls schien er unverletzt. Das andere Bild zeigte eine Höhle, die ein Grab hätte sein können.

Ein Grab. Muriel stutzte. Und ein Mann, der in eine Höhle einbrach. Das konnte nur …

»Der Zeitungsartikel!«, rief sie aus. »Die Bilder passen haargenau zu dem Zeitungsartikel, den Teresa uns heute Abend vorgelesen hat. Zwei Forscher finden ein Priestergrab im Dschungel. Und darin ein Stück Rindenpapier. Ein Kodex, in dem eine Nachricht steht.« Sie schlug sich mit der flachen Hand gegen die Stirn. »Jetzt verstehe ich. Diese Meldung in der Zeitung …«

»… war für dich. Nenn es Zufall oder Schicksal. Es läuft auf das Gleiche hinaus.« Die Göttin zwinkerte ihr zu. »Ganz so machtlos, wie es den Anschein haben mag, bin ich nun auch nicht. Dir eine Nachricht zu senden, gelingt mir schon noch.« Sie führte Muriel zu den Korbstühlen und bedeutete ihr, sich zu setzen.

»Und nun lass uns über die Aufgabe sprechen, die ich dir und Ascalon zugedacht habe«, sagte sie ernst. »Du kannst es dir sicher schon denken. Die Nachricht auf dem Rindenpapier ist sehr wichtig. Sie darf nicht entschlüsselt werden und es ist an dir, das Geheimnis der Maya zu bewahren.«

Das Geheimnis der Maya

… die Aufgabe, die ich dir und Ascalon zugedacht habe.

Muriels Herz begann wie wild zu pochen, als sie das hörte. Natürlich hatte sie sich schon gedacht, dass die Göttin sie zu sich rief, weil es etwas zu tun gab. Aber zu Hause war ihr das alles noch so unwirklich und fern erschienen, dass es für sie nur ein spannendes Abenteuer war. Hier im Palast der Göttin war es etwas anderes. Hier war alles ganz nah und ihr wurde bewusst, wie ernst die Lage war. Sie war dem Ruf der Göttin gefolgt. Jetzt gab es kein Zurück mehr.

»Was weißt du über die Maya?«, hörte sie die Göttin in ihre Gedanken hinein fragen.

»Nicht sehr viel.« Muriel versuchte sich ihre Verunsicherung nicht anmerken zu lassen. »Nur das, was ich von meinem Vater gehört und im Fernsehen gesehen habe.« Sie verstummte, spürte aber sofort, dass die Göttin mit der Antwort noch nicht zufrieden war, und fuhr fort: »Ich weiß, dass die Maya ein bedeutendes Volk in Mittelamerika waren. Sie haben prächtige Bauwerke errichtet, die man noch heute besichtigen kann. Pyramiden und Tempel, die mindestens so schön sind wie die in Ägypten. Vor tausend Jahren haben sie ihre Städte dann aber verlassen und sind fortgegangen. Niemand weiß, wohin und warum.« Sie überlegte kurz, dann fiel ihr noch etwas ein. »Ach ja, mein Vater sagt, dass sie auch sehr viel über die Sterne wussten. Es gibt einen Kalender, der ist sehr berühmt.« Muriel schaute die Göttin an und machte eine bedauernde Geste. »Mein Vater wollte mir noch mehr erzählen, aber er hatte bisher keine Zeit dafür.«

»Das macht nichts.« Die Göttin lächelte milde. »Du hast bereits gesagt, worauf es ankommt. Vor etwa eintausend Jahren haben die Maya ihre Städte im Dschungel verlassen. Viele kluge Leute haben sich den Kopf darüber zerbrochen, warum sie das taten. Die Wissenschaftler stellten im Laufe der Zeit die unterschiedlichsten Theorien dazu auf. Manche von ihnen irrten sich, andere waren auf der richtigen Spur. Trotzdem ist es bis heute ein ungelöstes Rätsel, warum und wohin die Maya gingen.« Sie zog eine Augenbraue in die Höhe, sah Muriel ernst an und fügte hinzu: »Und das muss auch so bleiben.«

»Dann gibt es also wirklich ein Geheimnis um ihr Verschwinden?«, fragte Muriel.

»O ja, das gibt es.« Die Göttin lehnte sich zurück, hob den Blick zur Decke und machte mit der Hand eine halbkreisförmige Geste in der Luft. »Sieh!«

Muriel folgte dem Blick der Göttin und sog überrascht die Luft durch die Zähne. Wo eben noch die mit Fresken und Mosaiken reich verzierte Decke des Palastes war, wölbte sich nun ein funkelnder Sternenhimmel, so klar und vollkommen, wie Muriel ihn noch nie gesehen hatte. Kein Mondlicht und keine Wolke trübten den Anblick der Abermillionen Sterne, die sich über ihr wie Diamanten auf einem schwarzen Teppich ausbreiteten.

»Wie ... wie haben Sie das gemacht?«, fragte sie in ehrfürchtigem Staunen.

»Gefällt es dir?«

»Es ist ... wunderschön.« Muriel fehlten die Worte. Sie war überwältigt, berauscht und so tief beeindruckt, dass sie ihre Aufregung darüber ganz vergaß. Der Anblick war ihr nur allzu vertraut. Obwohl hier mehr Sterne zu sehen waren, als in frostklaren Winternächten über dem Birkenhof funkelten, fand sie den Großen Wagen sofort und auch das große Himmels-W, die Kassiopeia, entdeckte sie ohne Schwierigkeiten. Am schönsten aber war die Milchstraße, die sich hier nicht nur als blasser Streifen, sondern als ein dichter weißer Nebel über den ganzen Himmel erstreckte.

»Jeder Stern, jeder helle Punkt, den du siehst, ja sogar das neblige Weiß der Milchstraße, all das sind Sonnen, so wie die eine, deren Licht deiner Welt Leben spendet«, hörte sie die Göttin sagen. »Um diese Sonnen kreisen Planeten. Wir können sie nicht sehen, aber es sind viele. Unendlich viele. Niemandem ist es je gelungen, sie zu zählen. Selbst den Göttern nicht.« Sie verstummte und gönnte sich einen Augenblick des Innehaltens, ehe sie von Neuem die Stimme erhob: »Dein Vater hat recht, wenn er sagt, dass die Maya die Gestirne sehr gut kannten. Sie waren nicht nur überzeugt, dass es dort oben irgendwo Leben gibt. Sie glaubten fest daran, dass diese Wesen eines Tages auf die Erde herabsteigen würden. Im Buch der Jaguar-Priester* kann man es nachlesen, dort heißt es: *Sie stiegen von der Straße der Sterne hernieder. Sie sprachen die magische Sprache der Sterne des Himmels. Ihr Zeichen ist unsere Gewissheit, dass sie vom Himmel kamen. Und wenn sie wieder herniedersteigen, dann werden sie neu ordnen, was sie einst schufen.* Dieses Buch und die vielen in Stein gemeißelten Figuren in den Bauten der Maya, die aussehen wie Menschen in Raumanzügen, sind für einige Forscher ein untrüglicher Beweis dafür, dass die Maya mit den Bewohnern ferner Planeten in Kontakt gestanden haben müssen. Andere wiederum glauben, dass natürliche Ursachen wie Krankheiten, Kriege, Missernten und Hungersnöte die Maya aus ihren Städten vertrieben haben. Für beide Theorien finden sich genügend Beweise, sodass niemand sagen kann, welche nun tatsächlich richtig ist.« Sie verstummte und machte eine knappe Handbewegung, worauf der Sternenhimmel verblasste und dem Anblick der gewölbten Palastdecke wich.

»Und was ist die Wahrheit?«, fragte Muriel mit einem Anflug von Bedauern, weil der Sternenhimmel nicht mehr zu sehen war.

»Das steht auf dem Stück Rindenpapier«, erwiderte die Göttin, ohne die Frage direkt zu beantworten. »Und deshalb ist es auch so ungeheuer wichtig, dass der Text niemals entziffert wird.«

Muriel überlegte. »Wäre es dann nicht das Einfachste, wenn ich zwei Wochen zurückreite und das Papierstück aus dem Grab hole, ehe die Forscher es finden?«, fragte sie.

»Ja, das wäre wohl das Einfachste.« Die Göttin nickte zustimmend. Dann seufzte sie und schüttelte den Kopf. »Aber leider ist es dafür zu spät.«

»Zu spät? Warum? Zwei Wochen sind …«

»… eine lange Zeit«, beendete die Göttin den Satz für Muriel. »Das Schriftstück wurde bereits gefunden. Wege wurden eingeschlagen, die ohne diesen Fund nie beschritten worden wären. Zeitungsberichte sind erschienen, die nie geschrieben worden wären. Vieles ist geschehen, das Auswirkungen auf die Zukunft haben wird und das nicht ungeschehen gemacht werden darf.« Sie blickte Muriel ernst an. »Erinnerst du dich daran, was ich dir vor deiner Reise ins Mittelalter sagte?«, fragte sie und gab auch gleich selbst die Antwort: »Der große Plan darf nicht verändert werden. Ganz gleich, ob du hundert Jahre oder nur zwei Tage in die Vergangenheit reist: Jeder Schritt, den wir gehen, gehört schon im nächsten Moment der Vergangenheit an. Einmal getan, lässt er sich nicht rückgängig machen. Die meisten Dinge, die wir tun, sind Belanglosigkeiten und nicht von Bedeutung. Sie sind schnell vergessen und ziehen keine Folgen nach sich. Andere wiederum mögen uns im ersten Augenblick unwichtig erscheinen, doch erwächst aus ihnen etwas, das einst im großen Plan der Zukunft eine wichtige Rolle spielen wird.«

»Das verstehe ich nicht.« Muriel runzelte die Stirn. Sie wusste aus der Zeitung, dass das Rindenpapier aus dem Grab nach Mexiko-Stadt gebracht worden war, konnte sich aber nicht vorstellen, was daran so wichtig sein sollte.

»Ich werde dir ein einfaches Beispiel nennen.« Die Göttin schmunzelte. »Nehmen wir mal an, die beiden Forscher haben das Rindenpapier einem Boten übergeben, der es nach Mexiko-Stadt bringen sollte. Dieser Bote setzt sich nun in ein Flugzeug und verliebt sich dabei in die Frau, die auf dem Sitz neben ihm Platz genommen hat. Jahre vergehen. Die beiden werden ein Paar und haben zusammen Kinder. Kinder, von denen eines wiederum in der Zukunft eine sehr wichtige Persönlichkeit werden könnte. Ein wichtiger Politiker vielleicht oder ein Wissenschaftler, der einmal eine bedeutende Erfindung machen wird. Verstehst du, was ich damit sagen will? Wenn das

Rindenpapier aber nie gefunden wird, würde der Bote das Flugzeug nie betreten. Er würde der Frau nie begegnen und …«

»… könnte mit ihr auch keine Kinder bekommen.« Muriel verstand, was die Göttin ihr sagen wollte. »Dann würde der Wissenschaftler nie geboren werden und die bedeutende Erfindung gäbe es nicht.«

»Siehst du.« Die Göttin straffte sich und strich sich eine Haarsträhne aus der Stirn. »All das könnte aus der Begegnung entstehen, die der Fund des Schriftstücks mit sich gebracht hat. Heute mag sie uns unwichtig erscheinen, weil wir nicht in die Zukunft blicken können. Für den großen Plan hingegen wäre es eine Katastrophe, das Treffen der beiden zu verhindern. Zwei Wochen sind vergangen, seit das Rindenpapier gefunden wurde. Zwei Wochen, in denen unzählige kleine Dinge geschehen sind, die unmittelbar damit zusammenhängen. Sie ungeschehen zu machen könnte für die Zukunft fatale Folgen haben.« Die Göttin machte ein kurze Pause, um Atem zu schöpfen, und sagte dann: »Du siehst, wir haben nur eine Möglichkeit, das Geheimnis der Maya zu bewahren. Du musst zurückreiten und dafür sorgen, dass dem Verstorbenen ein anderes Schriftstück mit ins Grab gelegt wird.«

»Sie meinen, ich soll es austauschen?«, fragte Muriel, die sich noch gut daran erinnerte, dass die Göttin ihr bei ihrem ersten Besuch eine ähnliche Geschichte erzählt hatte. »Gegen etwas Unbedeutendes?«

»Genau!« Die Göttin nickte. »In dem Grab muss natürlich ein Stück Rindenpapier liegen. Eine Tributliste, ein Gesetzestext, ein Liebesbrief ... irgendetwas. Aber nicht das.«

»Aber ... was steht denn nun auf dem Papier?«, wagte Muriel noch einmal einen Vorstoß, hinter das Geheimnis zu kommen.

Die Göttin schaute sie an, antwortete aber nicht sofort.

»Das zu erfahren«, sagte sie schließlich mit gewichtiger Stimme, »dafür ist die Menschheit noch nicht bereit.« Es war nicht die Antwort, die Muriel sich gewünscht hätte, aber sie spürte, dass die Göttin ihr auch nicht mehr verraten würde. Einen Augenblick noch zögerte sie, dann holte sie tief Luft und sagte: »Also gut. Was soll ich tun?«

»Ascalon wird dich zu den Maya tragen«, begann die Göttin gedehnt. »Das Grab gehörte einem Mayapriester, der im Hochland Guatemalas über die Stadt Tikal* herrschte. Sein Name ist Ah Coyopa. Ihr werdet etwa zwei Wochen vor seinem Tod dort ankommen, damit du Zeit hast, ihn zu finden, und dir ein Bild von der Lage dort machen kannst. Von denen, die vor dir Wächter des Schicksals waren, weiß ich, dass gerade die ersten Tage sehr schwierig sind. Die Menschen sind oft misstrauisch und nicht selten stehen sie Fremden feindlich gegenüber. Allerdings«, ein Lächeln huschte über ihr Gesicht, »weiß ich auch, dass junge Menschen wie du leichter Anschluss finden als Erwachsene. Ihr seid freundlich, hilfsbereit und aufgeschlossen – Eigenschaften, die für deine Aufgabe von unschätzbarem Wert sind.«

»Ich werde mein Bestes tun.« Muriel spürte, dass die Göttin ihr Mut machen wollte. Sie wäre so gern tapfer gewesen, aber die bohrende Angst wollte nicht weichen, auch wenn sie versuchte, es sich nicht anmerken zu lassen. »Wenn … wenn irgendetwas schiefgeht«, sagte sie mit bebender Stimme und hob die Hand, »habe ich ja immer noch den Ring.«

»Das ist gut.« Die Göttin wirkte erleichtert, als sie den Ring sah. »Der Ring ist diesmal besonders wichtig für dich, da Ascalon dich nicht in die Stadt der Maya begleiten kann. Er wird zwar in deiner Nähe bleiben, doch auch wenn ihr euch einmal verlieren solltet, musst du dir keine Sorgen machen. Solange du den Ring bei dir hast, wird Ascalon dich immer finden.«

»Ascalon kommt nicht mit?« Muriel erbleichte. »Warum nicht?«

»Nun, das ist ganz einfach«, erklärte die Göttin. »Weil es in Mittelamerika damals noch keine Pferde gab. Die kamen erst nach der Eroberung durch die Spanier dorthin. Wenn die Maya Ascalon entdecken, würde das eine große Aufregung geben, deren Folgen nicht abzusehen wären. Du bist also ganz auf dich allein gestellt.«

»Oh.« Muriel schwieg betroffen. Daran, dass sie sich von Ascalon trennen musste, hatte sie noch gar nicht gedacht. Plötzlich bekam sie Angst vor der eigenen Courage.

Was hatte sie sich nur dabei gedacht, diesem verrückten Plan zuzustimmen?

Für wen hielt sie sich? Für einen Superhelden aus dem Kino? Sie war ein ganz normales dreizehnjähriges Mädchen. Nicht mehr. Welcher Teufel hatte sie nur geritten, dass sie der Göttin …

»Muriel!« Sanft legte die Göttin ihr die Hand auf den Arm. »Ich spüre deine Furcht und ich verstehe dich. Glaube mir, allen Wächtern, die Ascalon im Lauf der Jahrhunderte auf seinen Reisen begleitet haben, gingen vor dem ersten Ritt dieselben Dinge durch den Kopf. Es war keiner unter ihnen, der sich nicht vor der Reise fürchtete. Manche ließen es sich nicht anmerken, andere jedoch machten keinen Hehl daraus, dass sie verzagt oder gar mutlos waren. Aber sie stellten sich der Aufgabe und wenn sie auch nicht immer erfolgreich waren, so kehrten sie doch alle in ihre Welt zurück. Es gibt keinen Grund zur Sorge. Wenn die Aufgabe erfüllt ist oder du Hilfe brauchst, wird Ascalon sofort zur Stelle sein und dich zurückbringen.«

»Aber was ist, wenn ich es nicht schaffe?«, fragte Muriel. »Wenn es mir nicht gelingt, das Rindenpapier auszutauschen?«

»Dann muss ich im Hier und Jetzt versuchen, das Schlimmste zu verhindern.«

»Könnte ich nicht einfach noch einmal zurückreiten und …«

»Nein!« Die Stimme der Göttin war ungewohnt scharf.

»Das ist ausgeschlossen. Du würdest dir dann selbst begegnen. Ein gefährliches Paradoxon, das das empfindliche Gefüge der Zeit zerreißen würde. Die Folgen wären unabsehbar. Das darf auf keinen Fall geschehen. Du hast nur einen einzigen Versuch.«

Muriel nickte. »Ich verstehe.« Das war nicht ganz die Wahrheit, aber der Tonfall der Göttin ließ keinen Zweifel daran, wie ernst es ihr war. »Ist … ist es auch schon einmal vorgekommen, dass jemand sich nicht getraut hat?«, fragte sie vorsichtig.

»O ja, auch das gab es schon.« Ein Schatten huschte über das Gesicht der Göttin. »Einmal.« Sie seufzte. »Ihr Menschen überschätzt euch leider oft. Damals blieb Ascalon nichts anderes übrig, als sich einen neuen Gefährten zu suchen.«

… sich einen neuen Gefährten zu suchen.

Die Worte trafen wie Dolche in Muriels Herz und rüttelten sie auf. Niemals würde sie Ascalon einem anderen überlassen, dazu liebte sie ihn viel zu sehr. Der Gedanke, ohne ihn zu sein, war entsetzlich; schlimmer als die Angst vor dem Ungewissen und die Furcht zu versagen. So nahm sie ihren ganzen Mut zusammen, atmete tief durch und sagte: »Also gut, ich gehe. Aber wo kann ich den Tonkrug finden, in dem das Faltbuch versteckt ist?«

»Das ist eine gute Frage.« Die Göttin nickte bedächtig. »Ist er erst einmal im Grab, ist es zu spät. Du musst ihn finden, ehe der Priesterkönig stirbt. Nur dann kann es dir gelingen, das Dokument auszutauschen.« Sie überlegte kurz und sagte dann: »Du musst versuchen, in den Palast des Ah Coyopa zu gelangen. Wenn ein Priesterfürst im Sterben liegt, beginnen die Angehörigen seines Hofstaates damit, die Grabbeigaben in einem großen Saal zu sammeln. Diesen Saal musst du finden und dort nach dem Tonkrug mit dem Faltbuch suchen. Du erkennst ihn an dem Abbild des jagenden Kriegers mit dem Hirsch. Natürlich musst du vorher für passenden Ersatz gesorgt haben. Du musst also irgendwo einen Kodex auftreiben, den du gegen das echte Dokument austauschen kannst.«

»Klingt nicht gerade einfach«, meinte Muriel.

»Das ist es niemals.« Die Göttin nickte. »Aber wenn wir es nicht wagen, wenn wir es nicht versuchen, haben wir schon jetzt verloren.«

»Und was mache ich mit dem Faltbuch, wenn der Tausch gelungen ist?«, erkundigte sich Muriel.

»Du bringst es zu mir.« Etwas Zwingendes schwang im Tonfall der Göttin mit und Muriel spürte, wie wichtig es ihr war, das Faltbuch zu bekommen. »Es ist überaus wertvoll und darf nicht in falsche Hände gelangen.«

Durch Raum und Zeit

Dann führte die Göttin Muriel zu Ascalon, der auf der Lichtung graste. Als er sie kommen hörte, hob er den Kopf, richtete die Ohren auf und lief ihnen entgegen.

Die Göttin begrüßte ihn liebevoll, machte eine auffordernde Handbewegung und sagte an Muriel gewandt: »Es ist alles bereit. Du kannst aufsitzen.«

»Aber müssen Sie ihm denn nicht noch etwas sagen?«, fragte Muriel, die sich noch gut daran erinnerte, dass die Göttin vor ihrem ersten Ritt in die Vergangenheit mit Ascalon gesprochen hatte.

»Nein, das ist diesmal nicht nötig.« Die Göttin lächelte. »Er weiß Bescheid. Ich habe ihn unterwiesen, als ich ihn auf der Weide besuchte. Hab keine Furcht. Er wird dich so sicher ans Ziel führen, wie er es schon einmal getan hat.« Sie trat vor Muriel, ergriff ihre Hände, sah ihr tief in die Augen und sagte: »Hab Vertrauen.«

»Das habe ich.« Das klang längst nicht so sicher, wie Muriel es sich wünschte. Schnell löste sie sich aus dem Griff der Göttin, fasste in Ascalons buschige Mähne und schwang sich auf seinen Rücken. Dabei kam ihr der Gedanke, wie einfach das Aufsitzen hier war. Bei ihrem ersten Besuch war es ihr vor lauter Aufregung gar nicht aufgefallen. Erst jetzt bemerkte sie, dass keine Hilfe nötig war, um sich auf das Pferd zu schwingen. Der Sprung gelang ihr so mühelos, als hätte sie hier viel weniger Gewicht als zu Hause. Es war seltsam und irgendwie unwirklich, vor allem, weil sie sich eigentlich nicht anders fühlte als daheim.

Etwas berührte ihr Bewusstsein – ein sanfter und aufmunternder Gedanke voller Wärme und Zuneigung, der ihr das Gefühl gab, nicht allein zu sein. Muriel durchlief ein wohliges Erschauern.

Ach, Ascalon. Sie streichelte den warmen Hals des Pferdes und sandte ihm einen liebevollen Gedanken.

»Seid ihr bereit?«, hörte sie die Göttin fragen.

»Ja, es …« Muriel räusperte sich. »Es kann losgehen.«

»Ich wünsche dir alles Gute«, sagte die Göttin und fügte hinzu: »Möge eure Suche erfolgreich sein und der Hüter des großen Plans schützend die Hand über euch halten.« Muriel nickte schweigend. Sie hatte einen dicken Kloß im Hals und bekam kein Wort heraus.

»Aber vergiss nicht, dass du nur ein Gast bist in der Vergangenheit«, ermahnte die Göttin sie noch. »Du darfst sie nicht verändern.«

»Ich weiß.« Muriel nickte und Ascalon trabte an. Die Hütte blieb hinter ihnen zurück und verschwand im Nebel, während er vom leichten in einen starken Galopp wechselte und auf den fernen Waldrand zupreschte.

Muriel spürte den Wind in den Haaren und die feuchte Kühle des Nebels auf ihrem Gesicht. Mähnenhaare streiften ihre Wangen, während Ascalon immer schneller lief und die Landschaft ringsumher zu einem Muster aus grauen und schwarzen Flecken verschmolz. Sie wusste, was gleich geschehen würde, hielt den Atem an und wartete bangen Herzens auf den Augenblick, da die vollkommene Dunkelheit der Zwischenwelt sie umfing.

Hab keine Angst. Ich bin bei dir.

Es waren keine richtigen Worte, die sie erreichten, und doch war ihr, als hätte Ascalon genau dies zu ihr gesagt. Muriel wurde warm ums Herz und wieder wurde sie sich der ganz besonderen Verbindung bewusst, die zwischen ihr und Ascalon bestand. Sie konnten sich durch die Kraft ihrer Gedanken verständigen. Das klappte zwar noch nicht perfekt, aber sie hatte erkannt, dass es immer besser wurde, je mehr Zeit sie mit Ascalon verbrachte.

»Seelenverwandt«, hatte die Göttin es einmal genannt und es gab wohl kein Wort, welches das Band zwischen ihnen besser beschrieb. Ascalon spürte, was sie bewegte, so wie sie an seinen Gefühlen teilhatte.

Sie fühlte, wie er seine Muskeln spannte, und hielt sich fest. Da stieß er sich auch schon kräftig mit den Hinterbeinen ab – und sprang.

Diesmal war Muriel vorbereitet auf die Kälte und Dunkelheit, die sie umfingen. Selbst die gleißenden Blitze, die aus der Finsternis heranschossen, erschreckten sie nicht.

Sie wusste, dass die heftigen Entladungen sie nicht aufhalten konnten, Ascalon lief weiter, als spüre er die zuckenden Energiefäden nicht, die sich knisternd auf seinem Fell brachen und über seinen Körper züngelten. Mehr noch, er nahm sie in sich auf, bis sein Fell silbern zu schimmern begann und aus der Mähne Abertausend winzige Funken stoben. Wie schon bei ihrem ersten Ritt durch die Zeit formte sich aus den Funken auch diesmal wieder eine kugelförmige Wolke aus Licht, die immer weiter anschwoll, bis sie Pferd und Reiter einhüllte und die Blitze fernhielt.

Magie!

Es gab kein anderes Wort, das den bizarren Anblick besser hätte beschreiben können. Muriel konnte den Blick nicht von den herrlichen Mustern abwenden, welche die Blitze auf die schützende Hülle zeichneten. Ein Feuerwerk aus Licht, beängstigend und schön zugleich. Und obwohl es diesmal sehr viel länger anzudauern schien als bei ihrer letzten Reise, war sie fast ein wenig enttäuscht, als die Blitze schließlich weniger wurden und das fantastische Schauspiel ein Ende fand. Die schützende Hülle aus Licht verblasste und Ascalons Fell nahm wieder die natürliche Farbe an, während er allmählich immer langsamer wurde. Licht floss in die Dunkelheit und gab der Umgebung die Konturen zurück, während die Eiseskälte der Zwischenwelt jäh einer feuchten, drückenden Wärme wich, die angefüllt war mit dem fremdartigen Düften und Geräuschen einer tropischen Welt, die Muriel nur aus dem Fernsehen kannte.

Ascalons Hufe berührten den Boden. Er fiel in einen leichten Trab, machte noch ein paar Schritte. Dann hielt er an und begann zu grasen.

Muriel richtete sich auf, lockerte ihre verkrampften Muskeln und schaute sich blinzelnd um. Ascalon hatte für die Ankunft eine kleine, sonnenbeschienene Lichtung ausgewählt, die von hohen Bäumen umstanden war. Muriel musste den Kopf in den Nacken legen, um die Kronen zu sehen, die sich mehr als dreißig Meter über dem Boden mit den Ästen der anderen Bäume zu einem undurchdringlichen Blätterdach vereinten. Muriel atmete tief durch und lauschte.

Obwohl sie keine Tiere sehen konnte, war die Luft erfüllt von den unterschiedlichsten Vogelstimmen. Sie hörte das Kreischen von Papageien und seltsam kehlige Laute, die sich wie das Quaken von Fröschen anhörten. Ganz in der Nähe gab ein Vogel hohe und scharf piepsende Töne von sich, während in der Ferne das schnelle Klopfen eines Spechts durch den Wald hallte. Muriel nahm das alles fast überdeutlich wahr, stand den Lauten aber gleichzeitig auch seltsam distanziert gegenüber. Sie fühlte sich wie in einem Traum und wusste doch, dass es keiner war. In dieser fremden und exotischen Welt konnten überall Gefahren lauern. Echte Gefahren. Und anders als in einem Traum würde es hier kein gnädiges Erwachen geben, das sie aus einer brenzligen Situation würde retten können.

Muriel hob die Hand, um sich eine Strähne aus der Stirn zu streichen, und hielt überrascht inne. Ihre Unterarme schmückten breite Lederarmbänder. Wie schon bei ihrem ersten Ritt in die Vergangenheit war ihre alltägliche Kleidung verschwunden. Statt Jeans und Top trug sie einen bunten, gewickelten Rock aus Pflanzenfasern, der ihr bis zu den Hüften hochgerutscht war, weil er sich nicht zum Reiten eignete. Ein gleichfarbiger Schal lag ihr um die Schultern. Ihre Füße waren wieder nackt. Von den Sneakers fehlte jede Spur.

Ein Gefühl am Hals lenkte ihre Aufmerksamkeit auf den Ohrschmuck aus bunten Federn, der ihr bis auf die Schultern herabhing, und auf lange weiße Bänder, mit denen ihr Haar im Nacken zusammengehalten wurde.

So kleideten sich bestimmt die Mayafrauen, überlegte sie und betrachtete die kreisförmigen Muster aus Rostrot, Beige und Schwarz, die in den Schal und Rock eingewebt waren.

Plötzlich ertönte im Dickicht am Rand der Lichtung ein lautes und kehliges Grunzen.

Muriel zuckte zusammen und sah auf.

Das Grunzen wurde immer schneller und ging in ein lang gezogenes, tiefes Röhren über, das ihr einen eisigen Schauer über den Rücken jagte. Die Fantasie spielte ihr üble Streiche, als sie versuchte sich vorzustellen, welche Kreatur wohl in der Lage sein mochte, diese unmenschlichen Laute hervorzubringen.

Und es wurde noch schlimmer.

In das Röhren und Grunzen stimmten weitere Geschöpfe ein.

Wer immer sich dort im Gebüsch verbarg, war nicht länger allein. Der vielstimmige Chor schwoll rasch an und wurde schließlich so laut, dass er alles andere übertönte.

Ich muss hier weg! Panik stieg in Muriel auf und drängte sie zur Flucht. Jeden Augenblick konnte die Horde aus dem Dickicht hervorbrechen und über sie herfallen.

»Lauf, Ascalon!«, rief sie und hieb dem Wallach die bloßen Fersen in die Seite. Aber Ascalon rührte sich nicht. Er hatte die Ohren gespitzt und starrte auf die Bäume am Rand der Lichtung, aus denen das unheimliche Brüllen kam.

»Ascalon! Lauf! Lauf doch endlich!« Muriels Stimme bebte, während sie den Schenkeldruck weiter verstärkte und versuchte, ihrem Befehl durch ruckartiges Auf- und Abhopsen Nachdruck zu verleihen. »Jetzt lauf schon!«

Aber Ascalon ließ sich nicht beirren. Er stand einfach nur da und ließ den Wald nicht aus den Augen.

Die ungewohnte Sturheit machte Muriel wütend. Sie wollte sich umdrehen und ihm mit der flachen Hand einen Klaps auf das Hinterteil geben, da kam Bewegung in das starre Grün, hinter dem sich die unheimlichen Wesen versteckten. Blätter raschelten, Zweige knackten und Äste schlugen wild aneinander, als sich eine Gruppe großer schwarzer Brüllaffen von ihrem Ruheplatz erhob, um sich röhrend und grunzend auf den Weg in höhere Regionen der Baumkronen zu machen. Ihr Brüllen hallte noch eine ganze Weile durch den Wald, ehe es schließlich so plötzlich erstarb, wie es gekommen war.

»Affen!« Muriel fiel ein Stein vom Herzen. Sie atmete auf, schüttelte lachend den Kopf und sagte halb belustigt, halb beschämt: »'tschuldige, Ascalon. Ich glaube, ich muss mich hier noch an so manches gewöhnen.«

Ascalon reagierte immer noch nicht. Obwohl die Affen längst fort waren, starrte er weiter auf die Stelle im Dickicht.

»He, die Affen sind weg«, sagte Muriel aufmunternd und tätschelte ihm den Hals. »Du kannst dich wieder ...« Sie stockte, weil etwas ihr Bewusstsein streifte. Es waren keine Worte und keine Gedanken, mehr ein Gefühl der Eile, das sie drängte, sofort abzusitzen und sich ruhig zu verhalten.

Offenbar spürte Ascalon etwas und wollte es ihr mitteilen.

Muriel zögerte nicht. Mit einer geschmeidigen Bewegung glitt sie von Ascalons Rücken und duckte sich ins hohe Gras, während der Wallach sich sogleich in Bewegung setzte und auf den nahen Waldrand zulief.

Ich bin allein.

Die Worte schlichen sich wie von selbst in Muriels Gedanken und schürten die Angst in ihr. Angst vor der fremden Welt, Angst vor dem Alleinsein, Angst zu versagen und davor, nicht wieder nach Hause zu kommen. Dabei wäre sie so gern mutig gewesen; wie Mio, der Held aus ihrem Lieblingsbuch, der sich ganz unverhofft im Land der Ferne wiederfindet und dort dem grausamen Ritter Kato die Stirn bietet, oder wie die anderen Kinder aus Fernseh- und Kinofilmen, die sich mutig ihren Aufgaben stellten, so unheimlich und finster die Gegner auch sein mochten. Wie oft hatte sie sich beim Lesen oder im Kino gewünscht, auch einmal ein solches Abenteuer zu erleben, wie sehr hatte sie die Kinder darum beneidet …

Und jetzt?

Jetzt wäre sie am liebsten weit fort gewesen an einem sicheren Ort ohne brüllende Affen und andere, weitaus schlimmeren Gefahren, die hier noch auf sie lauern mochten. Dies war weder ein Film noch ein Buch, von dem man wusste, dass es am Ende gut ausging, dies war die Realität mit ungewissem Ausgang und sie war mittendrin.

Eine Woge von Trauer erfasste sie, als sie sah, wie Ascalon im Dschungel verschwand. Alles in ihr schrie danach, ihm zu folgen oder ihn zurückzurufen. Aber sie tat es nicht.

»Ihr Menschen überschätzt euch leider oft. Dann bleibt Ascalon nichts anderes übrig, als sich einen neuen Gefährten zu suchen.«

Die Worte der Göttin kamen ihr wieder in den Sinn und hielten sie davon ab, der Angst nachzugeben. Sie wollte Ascalon auf keinen Fall verlieren. Dafür war sie bereit, so manchen Kampf auszufechten – auch den gegen ihre eigenen Ängste. Ihr blieb jedoch nicht die Zeit, noch länger drüber nachzudenken, denn dort, wo die Affen kurz zuvor geflohen waren, erklang in diesem Augenblick ein rollendes und kollerndes Geräusch, das sie, so absurd es auch klingen mochte, irgendwie an einen startenden Motor erinnerte.

Ein Motor? Muriel runzelte die Stirn. Konnte es sein, dass Ascalon in der falschen Zeit gelandet war? Sie richtete sich auf und schaute zu der Stelle hinüber, von der die Geräusche kamen, und sah, wie sich ein rot und blau gefärbter truthahnähnlicher Kopf kaum zwanzig Meter entfernt aus dem Gebüsch hervorschob. Ein kurzes Zögern, ein wachsamer Blick. Dann trat ein großer, in Rot, Blau, Grün und Violett auffallend bunt gefiederter Truthahn mit lauten »Rrrroa-rrrroa«-Rufen aus dem Wald und auf die Lichtung hinaus. Ihm folgten in gemessenem Abstand fünf kleinere und etwas weniger auffällig gefärbte Weibchen.

Muriel schmunzelte.

Röhrende Affen und ein Truthahn, der aussah wie ein Pfau und Motorengeräusche machte. Was waren das hier nur für seltsame Tiere? Am liebsten wäre sie aufgestanden, um die exotischen Vögel näher zu betrachten, aber eine leise Stimme mahnte sie zur Vorsicht. Ascalon war bestimmt nicht wegen der Truthühner verschwunden. Es musste etwas anderes sein, das ihn so zur Eile gedrängt hatte.

Ah Hunahpu

Sie hatte den Gedanken noch nicht zu Ende geführt, da bemerkte sie eine Veränderung am Rand der Lichtung.

Dort, wo der Truthahn und die Hennen das Dickicht verlassen hatten, tat sich etwas. Zunächst war es kaum zu erkennen, nur ein paar Blätter, die sich unnatürlich hin und her bewegten. Eine Hand tauchte auf, schob die Äste behutsam zur Seite und ein Junge huschte in gebückter Haltung auf die Lichtung hinaus. Er hatte schulterlange schwarze Haare, dunkelbraune Haut und war nur mit einem hellen Lendenschurz bekleidet. In der Hand hielt er einen Bogen und trug einen Köcher mit Pfeilen über der Schulter. Sein Alter ließ sich nur schwer schätzen, Muriel vermutete aber, dass er nicht viel älter als sie selbst war. Schnell duckte sie sich, damit er sie nicht entdeckte, aber der Junge hatte nur Augen für die Truthühner. Lautlos folgte er den großen Vögeln durch das hohe Gras, während er mit einer geschmeidigen Bewegung einen Pfeil aus dem Köcher zog und auf die Sehne legte. Als ihn nur noch zehn Schritte von den Tieren trennten, spannte er den Bogen und richtete sich auf.

Der Truthahn und die Hennen schienen die Gefahr nicht zu bemerken. Sie standen jetzt dicht beisammen auf einer freien Fläche und pickten eifrig Larven aus einem wimmelnden Ameisenhaufen.

Dann ging alles sehr schnell. Der Truthahn fuhr ruckartig herum und stieß einen kollernden Warnlaut aus, worauf die Hennen augenblicklich in alle Richtungen auseinanderstoben und im hohen Gras verschwanden. Für den bunten Vogel aber gab es kein Entrinnen. Im gleichen Augenblick, als er den Jungen bemerkte, verließ der Pfeil auch schon die Sehne und bohrte sich nur Bruchteile von Sekunden später in die Brust des Truthahns.

Der Junge gab einen erfreuten Laut von sich, lief zu dem getöteten Vogel, packte ihn an den Beinen und hob ihn hoch. Sichtlich zufrieden begutachtete er das prächtige Tier von allen Seiten und drehte es so, dass die bunten Federn im Sonnenlicht schimmerten. Dabei bewegte er sich immer weiter in Muriels Richtung, die sich hastig noch etwas tiefer ins Gras duckte, damit er sie nicht sah.

Darum ist Ascalon also fortgelaufen, dachte sie bei sich. Er hat die Nähe des Jungen gespürt.

Der Gedanke brachte Muriel auf eine Idee. Vielleicht ist Ascalon ja absichtlich an dieser Stelle gelandet, überlegte sie. Vielleicht hat die Göttin selbst ihn hierhergeschickt, weil sie wusste, dass ich auf dieser Lichtung jemandem begegne, der mir weiterhelfen kann.

Der Gedanke, dass der Augenblick ihrer Ankunft genau geplant sein könnte, hob Muriels Stimmung ein wenig an. Sie beschloss, dem Jungen heimlich zu folgen, und ließ ihn nicht aus den Augen.

Dieser schlang gerade ein Band um die Beine des Truthahns und flocht das Ende zu einer großen Schlaufe. Dann bückte er sich, um seinen Bogen aufzuheben und …

Ein kribbelndes Gefühl auf der Haut jagte Muriel einen Ekelschauer über den Rücken und lenkte ihre Aufmerksamkeit jäh auf ihre bloßen Füße. Vorsichtig blickte sie nach unten und erstarrte. Neben ihrem Fuß kauerte das grässlichste Tier, das sie jemals gesehen hatte. Ein hellbraunes, haariges Biest, das locker aus einem Horrorfilm hätte stammen können.

Eine Spinne!

Ekel und Furcht ließen Muriel alle Vorsicht vergessen. Sie stieß einen spitzen Schrei aus und sprang auf. In panischer Flucht hetzte sie über die Lichtung und hielt erst inne, als sie eine freie Fläche erreichte, auf der sie sich halbwegs sicher fühlte.

Ihr Herz raste, ihr Atem ging stoßweise und ihre Gedanken überschlugen sich. Sie verabscheute Spinnen mehr als alles andere. Je größer sie waren, desto mehr ekelte sie sich vor ihnen. Mirko machte sich immer einen Spaß daraus, besonders große Exemplare einzufangen, in Gläser zu sperren und sie damit zu erschrecken. Aber alle Keller- und Kreuzspinnen zusammen erschienen geradezu lächerlich gegen das haarige Monstrum, das ihr da eben über den Fuß gekrabbelt war.

Muriel erschauerte.

Der Junge, die Truthühner, die Affen, ja sogar Ascalon … all das erschien plötzlich nebensächlich angesichts der achtbeinigen Bedrohung, die hier überall im Gras lauern und jeden Augenblick erneut zuschlagen konnte.

»He du! Wer bist du?«

Muriel fuhr herum und blickte mitten in das Gesicht des Jungen, den sie eben noch beobachtet hatte. Er stand nur wenige Schritte entfernt, zielte mit gespanntem Bogen auf sie und blickte sie misstrauisch an. Muriel errötete. Erst jetzt wurde ihr klar, wie unvorsichtig und tölpelhaft sie sich angestellt hatte.

»Rede! Wer bist du?« Ungeduld und Ärger schwangen in den Worten des Jungen mit. Er war auf der Hut, schien sich aber nicht ganz sicher zu sein, ob Muriel wirklich ein Feind war.

Muriel senkte den Blick und biss sich auf die Unterlippe. Sie wusste, dass sie antworten musste. Aber was sollte sie sagen? Sobald sie den Mund aufmachte, würde ihre Sprache sie verraten.

Vielleicht kann ich mich als stumm ausgeben?

Der Gedanke hatte etwas Verlockendes, aber Muriel

war sich nicht sicher, ob es klug wäre, so zu handeln, und zögerte.

»Wer bist du?«, erkundigte sich der Junge noch einmal.

Muriel stutzte. Erst jetzt wurde ihr bewusst, dass sie ihn mühelos verstehen konnte. Dabei waren ihr die Laute seiner Sprache völlig unbekannt. Wie war es dann möglich, dass sie trotzdem genau wusste, was er zu ihr sagte?

Sie bemerkte, dass der Junge auf eine Antwort wartete, und nickte. »Ich ...« Nur zögernd kam ihr das Wort über die Lippen. Es klang seltsam in ihren Ohren, aber ihre Lippen hatten keine Mühe, die Laute zu formen. »Ich ...«, wiederholte sie noch einmal etwas mutiger und fügte langsam hinzu: »Ich bin Mu... Mucen.« Muriel hatte keine Ahnung, ob das überhaupt ein richtiger Name war. Sie hatte ihn noch nie gehört, aber er war plötzlich da gewesen und sie hatte ihn verwendet, weil ihr nichts Besseres eingefallen war. Besorgt wartete sie auf die Reaktion des Jungen, doch der schien zufrieden. »Mucen«, wiederholte er und nickte.

Muriel atmete auf. Es war unglaublich. Er hatte sie tatsächlich verstanden. Und der Name musste auch stimmen, sonst hätte er sicher anders reagiert.

Endlich begriff Muriel, was hier vor sich ging.

Sie trug nicht nur die Kleidung einer Maya, sie beherrschte auch deren Sprache so selbstverständlich, als hätte sie nie eine andere gesprochen. Es war geradezu unheimlich. Die Magie der Schicksalsgöttin hatte aus ihr eine richtige Maya gemacht. Nun war es an ihr, diesen Vorteil für sich zu nutzen.

»Wo kommst du her?« Der Junge trat näher und musterte sie aufmerksam, nahm den Pfeil aber nicht von der Sehne.

Muriel zuckte zusammen. Wieder so eine Frage, auf die sie keine Antwort wusste. Sie zögerte und wartete auf eine Eingebung, aber anders als zuvor bei dem Namen blieb diese diesmal aus.

»Woher?« Der Junge wich einen Schritt zurück, hob den Bogen und spannte die Sehne wieder fester. Die Drohung, die in der Geste lag, war unmissverständlich.

»Von ... von da.« In ihrer Not hob Muriel den Arm und deutete einfach irgendwo in den Wald hinein.

»Aus Naranjo?«, fragte der Junge.

Muriel hatte den Namen noch nie gehört, nickte aber. Was hätte sie auch sonst tun sollen? Wenn Naranjo in der Richtung lag, war die Stadt so gut wie jede andere.

Offenbar war es die richtige Wahl. Der Junge entspannte sich etwas, hielt den Bogen aber weiter auf sie gerichtet. »Was willst du hier?«, wollte er wissen.

»Ich ... ich ...« Wieder suchte Muriel verzweifelt nach Worten, doch diesmal war es der Junge selbst, der die Antwort gab.

»Großer Huracán*!«, rief er aus und senkte ruckartig den Bogen. »Verzeih, dass ich es nicht früher gesehen habe. Du bist sicher auf dem Weg zu den Priesterinnen.«

»Nun, ich …« Muriel wusste nicht, was sie darauf antworten sollte. Einerseits war sie froh, dass der Junge sie nicht mehr bedrohte, andererseits fragte sie sich, was sie wohl heraufbeschwor, wenn sie das Spiel mitspielte.

Der Junge starrte sie immer noch an. In seinem Gesicht wechselte der Ausdruck von Ehrfurcht mit dem der Angst, als wisse er nicht, ob er nun auf die Knie fallen oder davonlaufen sollte.

Die Situation war Muriel fast noch unangenehmer als zuvor. Es dauerte einige Herzschläge lang, bis ihr bewusst wurde, dass er nicht sie, sondern etwas an ihr anstarrte, das ihm offenbar großen Respekt einflößte – die Kette mit dem Opferdolch.

Muriel war erstaunt, dass sie die Kette immer noch um den Hals trug. Sie war wie selbstverständlich davon ausgegangen, dass das Schmuckstück zusammen mit ihrer Kleidung auf dem Ritt durch die Zeit verschwunden war, aber dem war nicht so. Die Kette war noch da, aber sie hatte sich verändert. Der silberne Opferdolch schimmerte jetzt golden und statt an der dünnen Silberkette hing er nun an einem Band aus geflochtenen Pflanzenfasern.

»Ich habe gehört, dass die Maya-Priesterinnen früher so einen Schmuck als Zeichen ihres Standes trugen.«

Die Worte ihres Vaters kamen ihr wieder in den Sinn und sie erschrak. Auf keinen Fall sollte der Junge glauben, dass sie Priesterin sei.

»Oh, nein. Nein«, beeilte sie sich zu erklären, während

sie in Gedanken fieberhaft nach einer möglichst überzeugenden Geschichte suchte, die sie dem Jungen erzählen konnte. »Das ist nicht meine Kette ... Ich meine, jetzt natürlich schon ... Sie ... sie gehörte meiner Mutter.«

»Ist deine Mutter Priesterin in Naranjo?«, fragte der Junge.

»Sie war es.« Muriel senkte die Stimme und den Blick und nickte. Sie war noch nie besonders gut darin gewesen, Ausreden zu erfinden, und vermied es, den Jungen anzusehen, damit er den Schwindel nicht bemerkte.

Der Junge wirkte betroffen. »Was ist mit ihr?«

»Sie ... ist tot.« Die Worte kamen Muriel so schwer über die Lippen, dass es sich fast wie echte Trauer anhörte. »Sie ... sie starb an ... an ... einem Fieber.« Einmal begonnen, fiel es ihr immer leichter, die Geschichte weiterzuspinnen.

»Dann bist du sicher auf dem Weg nach Tikal, zum Tempel der Priesterinnen«, hörte sie den Jungen so selbstverständlich sagen, als käme es häufig vor, dass junge Frauen allein durch den Dschungel in die Stadt reisten. Er nahm den Bogen wieder zur Hand, schulterte den Truthahn und fügte hinzu: »Ich habe das gleiche Ziel. Wenn du möchtest, zeige ich dir den kürzesten Weg dorthin.«

Muriel nickte. Ganz wohl war ihr dabei nicht, weil sie nicht wusste, was sie in Tikal erwartete. Andererseits war es immer noch besser, in Begleitung dorthin zu gehen, als allein durch den Dschungel zu irren.

»Wie heißt du?«, fragte sie den Jungen, nachdem sie ein paar Schritte schweigend nebeneinanderher gegangen waren.

»Mein Vater nannte mich Ah Hunahpu«, erwiderte der Junge nicht ohne Stolz. »Nach einem der beiden Helden die im Pok-ta-Pok-Spiel* gegen die Götter kämpften. Er möchte, dass ich auch einmal so ein guter Spieler werde.«

»Lebst du in Tikal?«, fragte Muriel weiter, die sich nicht anmerken lassen wollte, dass ihr weder der Name noch das Spiel etwas sagten.

»Ich stamme aus Uaxacdun. Aber jetzt arbeite ich für die Priesterschaft in Tikal.« Der Stolz, der in den Worten mitschwang, machte deutlich, dass die Tätigkeit ein Privileg sein musste. »Meistens jage ich Vögel.« Ah Hunahpu hob den Truthahn in die Höhe und ließ das Gefieder im Sonnenlicht schimmern. »Das kann ich wirklich gut. Es ist eine Kunst, den Vogel so zu töten, dass die Federn nicht von Blut verklebt werden. Die bunten sind bei den Federwerkern besonders begehrt.«

Sie hatten den Rand der Lichtung erreicht. Ah Hunahpu schlüpfte als Erster durch eine Lücke im Dickicht. Muriel folgte ihm. Sie rechnete fest damit, im Wald ein undurchdringliches Dickicht vorzufinden, und war überrascht, dass es dort einen richtigen Pfad gab, der in den Dschungel hineinführte. Offenbar kamen die Jäger aus Tikal oft hierher, um Beute zu machen.

»Ich habe gesehen, wie du den Truthahn geschossen

hast«, sagte sie, weil sie sich gern noch ein wenig unterhalten wollte. Sie hoffte, dass Ah Hunahpu ihr noch ein wenig mehr erzählen würde, und wollte die Chance nicht ungenutzt verstreichen lassen. »Es war ein guter Schuss.«

»Nicht gut genug.« Ein Schatten huschte über Ah Hunahpus Gesicht. »Truthähne sind leicht zu fangen«, sagte er fast ein wenig traurig. »Die älteren Jungen gehen auf Quetzaljagd*. Das ist schwer.« Seine Stimme gewann etwas an Zuversicht, als er hinzufügte: »Xoc Abna sagt, wenn ich etwas älter bin, darf ich auch Quetzals jagen.«

»Wie alt bist du denn?«, erkundigte sich Muriel, die nicht wusste, was Quetzals waren, und daher bei einem möglichst unverfänglichen Thema bleiben wollte.

Ah Hunahpu überlegte kurz, zählte etwas an den Fingern ab und sagte dann: »Heute ist es genau neun *tun**, drei *uinal** und achtzehn *kin** her, dass ich das Licht der Sonne zum ersten Mal erblickte.«

Muriel sah den Mayajungen verwundert an. *Tun, uinal* und *kin* sagten ihr gar nichts. Und wie ein Neunjähriger sah Ah Hunahpu nicht gerade aus. Offenbar ließ sich die Zeitrechnung der Maya nicht so einfach auf den ihr bekannten Kalender übertragen. Sie wagte jedoch nicht nachzufragen, weil sie sich nicht durch ihre Unwissenheit verraten wollte. Aber es war bereits zu spät, denn schon mit der Gegenfrage brachte Ah Hunahpu sie in arge Bedrängnis. »Und wie alt bist du?«, erkundigte er sich.

Muriel schluckte. Was sollte sie sagen?

»Willst du es mir nicht sagen oder weißt du es nicht?« Ah Hunahpu blieb stehen und schaute sie aufmerksam an. Muriel erkannte eine Spur des alten Misstrauens in der Stimme und bekam es mit der Angst. Ihre unverfängliche Frage war jäh zu einer Prüfung geworden.

»Warte, ich muss erst nachrechnen«, sagte sie, um Zeit zu gewinnen. Indem sie die Gesten des Jungen nachahmte, tat sie, als ob sie auch an den Fingern etwas abzählte, während sie versuchte, sich eine Altersangabe auszudenken, die wenigstens halbwegs glaubhaft war.

Er ist sicher etwas älter als ich, überlegte sie, nahm allen Mut zusammen und sagte: »Wenn ich mich nicht irre, sind es acht *tun*, fünf *uinal* und zehn *kin*.«

»Acht *tun*.« Ah Hunahpu nickte und entspannte sich. Offenbar war es die richtige Antwort gewesen, denn er ging weiter, ohne noch einmal nachzufragen.

Muriel atmete auf und nahm sich vor, künftig nicht so leichtfertig mit ihren Fragen zu sein. Zu leicht konnte es geschehen, dass sie sich mit einer unbedachten Äußerung verriet oder sich, wie eben, in eine unangenehme Situation brachte. So beschränkte sie sich für die nächste halbe Stunde darauf, schweigend hinter dem Mayajungen herzugehen, bis dieser auf einmal stehen blieb.

»Sieh!«, sagte er mit einem Anflug von Ehrfurcht in der Stimme und deutete auf eine Lücke zwischen den Bäumen, hinter der das weiße Gestein eines Gebäudes im Sonnenlicht erstrahlte. »Wir sind da. Da vorn ist Tikal.«

Tikal

Muriel folgte Ah Hunahpu aus dem Dickicht auf eine gerodete Fläche hinaus, blinzelte in das nachmittägliche Sonnenlicht und erstarrte in Ehrfurcht. Mitten im Dschungel, so groß, dass sie die Ausmaße mit bloßem Auge gar nicht erfassen konnte, standen nicht einfach nur ein paar Pyramiden und Tempel. Vor ihr lag eine riesige Stadt.

Und was für eine.

Es gab weitläufige Tempelanlagen und prachtvolle Paläste aus weißem Stein, zwischen denen sich stolz die gewaltigen Stufenpyramiden erhoben, deren Spitzen sogar das Blätterdach des Dschungels noch überragten. Die majestätischen Bauten standen auf einem flachen Hügel und bildeten das Zentrum einer sich weithin ausbreitenden Ebene mit Obstbäumen und Feldern, auf denen Baumwolle, Kaffee, Mais und verschiedene Gemüsesorten angebaut wurden.

Zwischen den Feldern und Obstbäumen waren unzählige Hütten mit Strohdächern zu sehen, die oft in kleinen Gruppen erbaut worden waren. Je näher sie der Stadt kamen, desto enger standen die Häuser beisammen. Die Felder und einfachen Strohhütten der Bauern wichen Steinhäusern, die von bescheidenem Wohlstand kündeten, und allerorten konnte man Handwerker sehen, die ihrer Arbeit nachgingen.

Muriel fehlten die Worte. Obwohl sie in Filmen und Büchern schon einiges über die Maya gesehen, gehört und gelesen hatte, überwältigte sie der Anblick so sehr, dass sie keinen Ton herausbrachte. Sie spürte, dass Tikal mehr war als nur eine Stadt. Vor ihr lag ein gewaltiges Machtzentrum, das Herz eines Volkes, das eine unvorstellbar große Anzahl von Menschen beherbergte.

»Beeindruckend, nicht wahr?« Ah Hunahpu schaute sie von der Seite her an und grinste. »Keine Sorge, du hast einen erfahrenen Führer und wirst dich mit mir schon nicht verlaufen.« Er deutete mit einem Kopfnicken auf den bunten Truthahn, den er sich über die Schulter gehängt hatte, und fügte hinzu: »Sobald ich meine Jagdbeute beim Federwerker abgegeben habe, bringe ich dich zu den Priesterinnen.«

Muriel nickte stumm. Die Schönheit der monumentalen Bauwerke, die in ihrer Zeit nur als überwucherte Ruinen zu besichtigen waren, hatte sie so in ihren Bann gezogen, dass sie Ah Hunahpu gar nicht richtig zuhörte. Nur langsam wurde ihr bewusst, welch großartige Kultur hier einst geherrscht haben musste, und es drängte sie, mehr über das Leben der Menschen zu erfahren, die ihre Städte tausend Jahre vor ihrer Zeit aus ungeklärter Ursache verlassen hatten.

»Mucen?« Ah Hunahpu schien ihr Zögern für Unsicherheit zu halten. »Du muss keine Angst haben«, sagte er. »Tikal ist groß, aber du wirst dich schnell zurechtfinden. Komm.« Er winkte ihr zu, ihm zu folgen, und betrat einen Weg, der schnurgerade durch ein nahes Maisfeld verlief.

Im Dickicht des Dschungels ertönte wieder das lang gezogene tiefe Röhren von Affen und erinnerte Muriel daran, dass sie nicht allein bleiben wollte. Sie lief los und schloss zu dem Mayajungen auf. Der Mais zu beiden Seiten des Wegs war so hoch, dass Tikal für eine Weile aus ihrem Blickfeld verschwand. Auf unbestimmte Weise fühlte sich Muriel an das Maislabyrinth erinnert, das sie im vergangenen Herbst mit Vivien und deren Freundinnen besucht hatte. Auch wenn es schon einige Monate zurücklag, konnte sie sich noch gut an den Schrecken erinnern, als eines der Mädchen plötzlich verloren gegangen war. Damals war sie allein mit den Mädchen unterwegs gewesen und hatte die Verantwortung für die sechs übernommen. Die Sorge um Viviens Freundin war so groß gewesen, dass sie noch heute manchmal davon träumte und sich ausmalte, was alles hätte passieren können.

Zwei Stunden war sie damals im Mais umhergeirrt, ehe sie das Mädchen endlich wiedergefunden und wohlbehalten zu den anderen geführt hatte.

In diesem Maisfeld war es allerdings kaum möglich, sich zu verlaufen. Nicht nur, weil der Weg gerade hindurchführte und das Feld viel kleiner war, die Maispflanzen selbst unterschieden sich auch sehr von dem Mais in ihrer Zeit. Die Kolben und Stiele waren deutlich kürzer und die einzelnen Pflanzen standen sehr viel weiter auseinander.

Es dauerte nicht lange, da traten Muriel und Ah Hunahpu aus dem Maisdickicht und fanden sich ganz unvermittelt in einem Kartoffelfeld wieder. Nicht weit entfernt arbeitete eine Gruppe von Bauern, die die Kartoffeln mithilfe von Hacken und Grabstöcken ernteten. Ähnlich wie Ah Hunahpu trugen auch sie nur einen Lendenschurz aus hellem Tuch. Die langen schwarzen Haare wurden von einem Stirnband zurückgehalten. Als sie die beiden entdeckten, blickten sie kurz auf, grüßten aber nicht und wandten sich gleich wieder ihrer Arbeit zu.

Ah Hunahpu führte Muriel zielstrebig weiter. Vorbei an Obstbäumen und den Strohhütten der Bauern, vor denen kleine Kinder spielten, und weiter durch Felder, auf denen Bohnen, Kürbisse, Tomaten, Kakao und Baumwolle angebaut wurde. Muriel kam aus dem Staunen nicht heraus.

Wohin sie auch blickte, alles wirkte auf sie wohlgeordnet und gut durchdacht. Bis auf die ganz kleinen Kinder schienen alle eine feste Aufgabe zu haben. Je näher sie dem Tempelbezirk auf dem Hügel kamen, desto enger standen die Hütten beieinander und desto mehr Menschen begegneten ihnen. Manche gingen schweigend vorbei, andere nickten ihnen freundlich zu und wieder andere nahmen sich sogar die Zeit, den schillernden Truthahn zu bewundern, den Ah Hunahpu geschossen hatte.

Der Mayajunge führte Muriel auf eine kleine Ansammlung von Hütten zu, vor denen eine Frau an einem offenen Feuer Essen zubereitete. Neben ihr döste ein hagerer Hund in der Sonne. Als sie den Jungen kommen hörte, schaute sie auf und lächelte. »Ah Hunahpu!«, sagte sie und deutete auf den Truthahn. »Ich sehe, die Götter waren dir wohlgesinnt. Geh nur hinein. Chirakan wird sich freuen, dich zu sehen.«

Ah Hunahpu wandte sich Muriel zu. »Warte einen Augenblick. Ich bin gleich zurück«, sagte er und schlüpfte ohne eine Antwort abzuwarten in die Hütte.

Muriel wusste nicht, was sie machen sollte. Also blieb sie einfach stehen. Die Frau richtete das Wort nicht an sie, sondern wandte sich wieder dem Essen zu, einem zähen gelblichen Brei in einer Tonschale, den sie immer wieder mit Mehl bestäubte und mit den Händen durchknetete.

Es erinnerte Muriel daran, wie Teresa ihre Tortillas zubereitete, und tatsächlich begann die Frau nach kurzer Zeit, Stücke von der Teigmasse zu nehmen und mit geschickten Bewegungen zu handtellergroßen Fladen zu formen. Drei der Fladen legte sie in eine flache Tonschale, die sie über das Feuer stellte.

Als der Duft des Maisfladens Muriel daran erinnerte, dass sie Hunger hatte, kam Ah Hunahpu wieder. Den Truthahn hatte er in der Hütte zurückgelassen.

»Das riecht aber gut«, sagte er zu der Frau und fuhr sich mit der Zunge hungrig über die Lippen. »Ich wünschte, ich könnte jetzt etwas zu essen haben.«

»Warum bittest du nicht darum?« Die Frau lachte. »Du bist doch sonst nicht so schüchtern. Ist deine Freundin denn auch hungrig?«, fragte sie und blickte Muriel an.

Muriel nickte beschämt. Sie ärgerte sich, dass sie schon wieder vergessen hatte Proviant mitzunehmen, und hoffte, dass die Frau ihr etwas von dem Essen anbieten würde.

Diese nahm die fertig gebackenen Fladen aus der Schale und legte drei neue hinein. Die gegarten formte sie zu einer Tasche, füllte zwei davon mit einer bunten Gemüsemischung, die in einem anderen Topf bereitstand, und reichte sie Ah Hunahpu mit den Worten: »Hier. Einen für dich und einen für deine Freundin.«

Der Mayajunge bedankte sich, reichte Muriel die Teigtasche und zwinkerte ihr zu. »Wir sind zur rechten Zeit gekommen«, sagte er. »Ah Kin macht die besten *tamales** in ganz Tikal.«

»Danke.« Muriel nahm die noch warme Teigtasche in Empfang. Die Füllung bestand aus gedünstetem Gemüse.

Muriel erkannte Paprika, Bohnen und Mais, aber auch Reste von gekochten Tomaten. Hungrig biss sie hinein.

»Gut?«, erkundigte sich Ah Hunahpu.

»Hmm.« Muriel nickte zum Zeichen, dass es ihr schmeckte, und bedankte sich höflich bei der Frau für die erwiesene Aufmerksamkeit.

Ah Hunahpu verabschiedete sich und sagte zu Muriel: »Meine Arbeit ist getan. Der Truthahn wird den Federwerker eine Weile beschäftigen. Wenn du möchtest, bringe ich dich jetzt zu den Priesterinnen im Tempelbezirk.«

»Können wir uns vorher noch ein wenig umsehen?«, fragte Muriel mit einem bewundernden Blick auf die großen Stufenpyramiden, die nun schon fast zum Greifen nahe vor ihnen lagen. »Mir wäre wohler, wenn du mich noch ein wenig herumführst.«

»Gern!« Ah Hunahpu schien sich geschmeichelt zu fühlen. »Dann zeige ich dir zuerst den Ballspielplatz. Da übe ich mich fast täglich im Pok ta Pok, damit ich ein so guter Spieler werde wie mein Namensbruder. Du kannst den Platz gleich sehen, es ist nicht mehr weit.«

Was immer Muriel erwartet hatte, einen so kleinen Ballspielplatz gewiss nicht. Das schmale Rechteck hatte an den kurzen Seiten steinerne Stufen, auf denen, wie Muriel erfuhr, die Zuschauer saßen, während die langen Seiten von steilen Mauern begrenzt wurden. Es wirkte fast wie der Grund einer Schlucht, denn es sollte, wie Ah Hunahpu ihr erklärte, den Eingang zur Unterwelt darstellen.

Der junge Maya erklärte ihr noch sehr viel mehr, schien aber bald zu spüren, dass sie seine Begeisterung für das Spiel nicht teilte. Schließlich gab er es auf und führte sie über die weitläufigen freien Flächen vorbei an Tempeln, Palästen und anderen prächtigen Bauten. Jedes Gebäude hatte einen Namen und eine Bedeutung und Ah Hunahpu wurde nicht müde, Muriel diese auch zu erklären, allerdings waren es so viele Informationen auf einmal, dass Muriel sie sich gar nicht so schnell merken konnte.

Auf den Straßen und Wegen zwischen den Tempeln begegneten ihnen unzählige Menschen, die ihrem Tagwerk nachgingen. Doch anders als am Fuß des Hügels, wo offenbar nur das einfache Volk lebte, waren die Leute hier zumeist prunkvoll gekleidet. Die Frauen trugen farbige Röcke und bunte Schals ähnlich wie Muriel, viele der Männer einen Kopfputz aus schillernden Federn und einen bunt gewebten Umhang. Dazu hatten sie meist einen farbigen Lendenschurz an, der nicht selten wie ein Rock bis zu den Knien hinabreichte, und sandalenähnliche Schuhe. Einige schritten sehr vornehm und würdevoll einher, andere hielten federgeschmückte Schilde und Speere in den Händen, die sie wie Krieger aussehen ließen. Ihr Anblick machte deutlich, warum sich Ah Hunahpu so über den erlegten Truthahn gefreut hatte. Offensichtlich wurden die bunten Federn hier gern zum Verzieren von Kleidung und als Schmuck verwendet.

Bei aller Pracht und Farbenfreude entging Muriel jedoch nicht, dass die Menschen alle irgendwie bedrückt wirkten. Anders als noch bei den Bauern, trug hier jeder eine ernste Miene zur Schau. Niemand grüßte sie freundlich im Vorbeigehen und niemand lachte.

Muriel wollte Ah Hunahpu gerade danach fragen, als dieser vor einem flachen und verwinkelten Gebäude aus hellem Sandstein stehen blieb. »Wir sind da«, sagte er. »Das ist das Haus der angehenden Priesterinnen. Ich darf leider nicht mit hinein, aber du kennst dich ja aus.« Er deutete auf den großen, auf steinernen Säulen ruhenden Eingang. »Die Oberste Priesterin dort heißt Ixchel. Frage einfach nach ihr und man wird dich zu ihr bringen.«

»Du … du kommst nicht mit?«, fragte Muriel bestürzt. Irgendwie hatte sie geglaubt, Ah Hunahpu würde sie auch weiterhin begleiten. Seine Nähe gab ihr ein Gefühl von Sicherheit und der Gedanke, allein in das Gebäude gehen zu müssen, machte ihr Angst.

»Natürlich nicht!« Der Mayajunge lachte. »War es den Männern in Naranjo etwa gestattet, das Haus der Priesterinnen zu betreten?«

»Nein … nein, natürlich nicht.« Muriel spürte instinktiv, dass sie die Frage verneinen musste, und schüttelte den Kopf. »Es ist nur … Ich kenne hier außer dir doch noch niemanden. Und …«

Von den Dächern der Tempel ertönten Geräusche, die sich wie dunkle Trompetenstöße anhörten.

Ah Hunahpu fuhr herum und maß den Stand der

Sonne mit einem raschen Blick. »Hab keine Furcht«, sagte er in einem Ton, als habe er es plötzlich sehr eilig. »Da drinnen bist du unter deinesgleichen. Du wirst sicher schnell Freunde finden.« Er nickte ihr zu wie zum Abschied und sagte: »Ich kann ohnehin nicht länger bleiben. Die Trompeten rufen zum Abendgebet. Ich muss gehen.«

»Ich verstehe.« Muriel hatte einen dicken Kloß im Hals. Der Abschied kam so überstürzt, dass ihr die Worte fehlten. So nickte sie dem Mayajungen nur zu, wie er es getan hatte, und sagte: »Ich danke dir. Vielleicht sehen wir uns ja noch einmal wieder.«

»Ja, vielleicht.« Ah Hunahpu machte kehrt und eilte davon. Blieb dann aber noch einmal stehen, wandte sich um und rief: »Möge die Muttergöttin Acna* stets über dich wachen.« Dann war er fort.

Im Haus der Priesterinnen

Wieder war Muriel allein. Es überraschte sie, wie beängstigend das Gefühl sein konnte. Tikal mit all den fremden Menschen erschien ihr sogar noch bedrohlicher als zuvor der Dschungel mit seinen Furcht einflößenden Geräuschen. Dort hatte sie Ascalon zumindest noch in der Nähe gewusst, der hier und jetzt für sie unerreichbar war.

Ein neuerlicher Trompetenstoß riss sie aus ihren Gedanken. Diesmal war es ein heller, hässlicher Ton, der in den Ohren schmerzte, aber wie schon das erste Signal schien auch er eine bestimmte Bedeutung zu haben.

Muriel schaute sich um und stellte fest, dass sie fast allein auf dem Platz war. Straßen, Wege und Treppen waren wie leer gefegt und die wenigen Maya, die noch zu sehen waren, strebten eilig einem der Gebäude zu.

Wenn ich hier weiter so herumstehe, falle ich bestimmt auf, überlegte Muriel. Unschlüssig, was sie tun sollte, machte sie ein paar Schritte auf das Gebäude zu, in dem die Priesterinnen wohnten.

Soll ich da wirklich hineingehen und mich als neue Schülerin ausgeben? Je näher das Dunkel zwischen den Portalsäulen rückte, desto mehr Zweifel beschlichen Muriel. War das ein guter Plan? Einerseits erschien es vernünftig, weil sie dem Priesterfürsten damit vermutlich sehr nahe kam, andererseits barg ein solches Vorgehen auch viele Gefahren. Schon in Ah Hunahpus Begleitung war sie mit ihrem gefährlichen Halbwissen mehrfach ins Schwimmen geraten. Wie sollte das erst in einer Schule für Priesterinnen werden, wo das Leben sicher noch strenger geregelt war als in einem Internat?

Ich muss mir nur eine gute Geschichte über meine Vergangenheit ausdenken, überlegte sie weiter. Eine tote Mutter ist schon mal nicht schlecht. Waisen gibt es schließlich in jeder Kultur.

Einer plötzlichen Eingebung folgend nahm sie die Kette ab und versteckte sie in einer kleinen Tasche ihres Gewandes. Ah Hunahpu hatte sie damit täuschen können, hier jedoch konnte sie damit arg in Bedrängnis geraten.

Noch etwa fünf Meter trennten sie vom Eingang des Gebäudes, als sie Schritte hörte, die sich rasch näherten. Ein kurzer Rundblick bestätigte ihr, was sie schon befürchtet hatte. Offenbar war sie die Einzige im ganzen Tempelbezirk, die sich noch im Freien aufhielt. Das konnte Ärger geben.

Muriel überlegte nicht lange.

Da es weit und breit kein anderes Versteck gab, sauste sie los und schlüpfte durch den Eingang des Priesterinnenhauses. Keine Sekunde zu früh. Kaum, dass sie sich an die Wand neben den steinernen Türpfeilern drängte, tauchte auf dem Platz eine Gruppe von sechs Kriegern auf. Muriel wartete, bis sie um die Ecke eines weiteren Gebäudes bogen, dann wagte sie sich aus ihrem Versteck hervor und schaute sich um.

Sie befand sich in einer Art Empfangshalle, die sich zu einem quadratischen Innenhof hin öffnete. Prächtige Blühsträucher wetteiferten dort in Form und Farbe mit exotischen Stauden und ein Teich mit Seerosen glitzerte im Sonnenlicht.

Der Boden der Halle war mit hellen Steinfliesen ausgelegt, während das Dach auf steinernen Säulen ruhte, die auch den Garten in der Mitte einrahmten. Die Halle selbst war schlicht und nur spärlich möbliert. Zwar schmückten gewebte Wandbehänge die kahlen Wände, aber nur eine einzige hölzerne Bank lud hier zum Verweilen ein.

Eine Bewegung im Garten lenkte ihre Aufmerksamkeit auf den Teich mit Seerosen, an dessen Uferpflanzen ein winziger Vogel blitzschnell von einer violetten Blüte zur nächsten sauste. Vor den großen, trichterförmigen Kelchen schien er fast in der Luft zu stehen. Sein Flügelschlag war so schnell, dass Muriel die Bewegung nicht mit bloßem Augen zu erfassen vermochte.

Ein Kolibri! Muriel ging durch die Halle, blieb aber am äußersten Rand des Gartens stehen, um den kleinen braunen Vogel nicht zu stören, der im rasanten Flug von Blüte zu Blüte huschte. Sie hatte schon Kolibris in Zoos und im Fernsehen gesehen, war ihnen aber noch nie so nahe gekommen wie hier. Als sie den Blick über den prächtigen Innenhof schweifen ließ, entdeckte sie fünf weitere Kolibris, die sich hier an den Blüten gütlich taten. Der Anblick der schwirrenden Vögel, die den Nektar im Flug aus den Blütenkelchen sogen, faszinierte sie so sehr, dass sie ihre Vorsicht für einen Augenblick ganz vergaß.

»Na, wer drückt sich denn hier vor dem Abendgebet?« Eine Hand legte sich ganz unvermittelt auf ihre Schulter und ließ sie zusammenzucken. Der Griff war fest und zeugte, wie die resolute weibliche Stimme, von Strenge und Disziplin.

Errötend fuhr Muriel herum und blickte mitten in das Gesicht einer Frau, die vom Alter her ihre Mutter hätte sein können.

Sie trug ein buntes, blusenartiges Gewand mit aufwendigen Mustern und hatte sich ein rostrotes Tuch als Rock um die Hüften geschlungen. Die Oberarme zierten zwei breite Armreifen aus Gold, während in ihre langen schwarzen Haare kostbarer Jadeschmuck und schillernde grüne Federn eingeflochten waren.

Muriel erkannte sofort, dass sie eine Edelfrau oder

Priesterin sein musste, denn die einfachen Frauen am Fuß des Hügels trugen meist nur schlichte Überkleider, die von bestickten Gürteln gehalten wurden.

»Verzeiht.« Etwas unbeholfen deutete Muriel die Verbeugung an, die sie bei Ah Hunahpu gesehen hatte, wenn er Priester begrüßte. »Ich bin neu hier.«

»Du bist neu?« Die Augen der Frau verengten sich zu schmalen Schlitzen, während sie Muriel von Kopf bis Fuß musterte. »Eine neue Schülerin?«

»J... ja.« Muriel nickte, fühlte sich bei der Antwort aber nicht wohl. Sie hatte sich doch noch gar nicht entschieden, welchen Weg sie einschlagen wollte. Jetzt ärgerte sie sich, dass die Kolibris sie abgelenkt hatten und ihr die Entscheidung nun aufgedrängt wurde.

»Wie ist dein Name?« Immer noch schwang Misstrauen in der Stimme der Frau mit. »Und wo kommst du her?«

»Ich bin Mucen, aus Na... Naran...« Muriel stockte. Wie hatte Ah Hunahpu die Stadt doch gleich genannt?

Naranda, Naranna, Narenda? Unzählige Namen, die alle ähnlich und irgendwie auch richtig klangen, schwirrten ihr im Kopf umher. Welchen sollte sie nehmen?

Muriel biss sich auf die Lippen und senkte den Blick, um Zeit zu gewinnen. Aber noch ehe sie zu einer Antwort ansetzen konnte, kam ihr die Frau zu Hilfe.

»Aus Naranjo?«, erkundigte sie sich und dieses Mal schwang echtes Erstaunen in der Stimme mit. »Da hast du aber eine weite Reise hinter dir.«

»Oh, ja. Das habe ich.« Muriel nickte hastig, froh noch einmal davongekommen zu sein.

»Bist du allein?«, wollte die Frau wissen.

»Ja.« Muriel stockte wieder. Diesmal jedoch war es wohlgeplant. Sie wartete noch zwei Atemzüge lang, ehe sie mit deutlich gesenkter Stimme fortfuhr: »Meinen Vater kenne ich nicht. Mutter ist gestorben.«

»Das tut mir leid.« Der Tonfall der Frau verriet nicht, ob sie es wirklich so meinte. Aber immerhin wirkte sie schon nicht mehr so misstrauisch. »Wir haben viele Waisen hier«, sagte sie. »Wer gewillt ist, den Weg der Priesterinnen zu gehen, ist hier willkommen.«

»Davon habe ich gehört«, sagte Muriel. »Man sagte mir, ich solle mich Ixchel, der Obersten Priesterin, anvertrauen, aber«, sie hob die Hände zu einer ratlosen Geste, »ich weiß nicht, wo sie ist.«

»Du stehst vor ihr.« Zum ersten Mal sah Muriel die Frau lächeln. Es war ein gedämpftes Lächeln, das die Mundwinkel nicht erreichte, aber es war eindeutig ein Lächeln und es trug dazu bei, dass Muriel Vertrauen fasste. »Der Zeitpunkt deiner Ankunft ist etwas unglücklich«, hörte sie die Priesterin sagen. »Ganz Tikal ist in großer Sorge um den ehrwürdigen Priesterfürsten Ah Coyopa. Cumhau*, der Gott der Unterwelt, streckt nach einem Schlangenbiss seine dunklen Hände nach ihm aus. Aber wir geben die Hoffnung nicht auf, den Herrn des Todes durch Gebete und Opfergaben umstimmen zu können. Jeden Morgen und jeden Abend beten alle in Tikal für das Leben Ah Coyopas.«

Darum sind die Menschen nach dem Trompetensignal also alle verschwunden, dachte Muriel und endlich verstand sie auch, warum Ah Hunahpu es so eilig gehabt hatte.

Laut sagte sie: »Ich hoffe, die Gebete werden erhört.«

»Die Priester verkünden, er kämpfe tapfer.« Ein Schatten huschte über das Gesicht der Obersten Priesterin. »Doch noch wagt niemand zu sagen, wer das Ringen am Ende gewinnen wird. Das Gift der Jararaca* ist sehr gefährlich.« Sie straffte sich und wechselte das Thema. »Doch nun zu dir. Du sagtest, du möchtest in der Schule der Priesterinnen aufgenommen werden?«

»Wenn ... wenn das möglich ist.« Muriel flüsterte fast. Es wirkte schüchtern, war aber Ausdruck ihrer Unsicherheit. Worauf ließ sie sich da bloß ein?

»Du bist uns willkommen.« Die Frau gab ihr ein Handzeichen und Muriel folgte ihr schweigend durch das große Gebäude. Ihr Puls raste, ihre Knie waren weich und in ihren Gedanken flüsterte es immer wieder, dass sie gerade dabei war, einen verhängnisvollen Fehler zu machen. Aber für eine Umkehr war es jetzt zu spät.

Ixchel führte sie in einen großen Raum, der wie schon die Halle am Eingang mit bunten Wandbehängen geschmückt war. Durch senkrechte Schlitze im Mauerwerk fiel das Licht der untergehenden Sonne in dunstigen Streifen auf dreißig dicke Schilfmatten am Boden, die in doppelter Reihe so ausgebreitet lagen, dass in der Mitte eine breite Gasse frei blieb. Im ersten Augenblick glaubte Muriel, es wären Teppiche. Bei genauem Hinsehen bemerkte sie jedoch, dass zu jeder Matte auch eine Binsentruhe gehörte, die an deren Kopfende an der Wand stand.

Die Oberste Priesterin ging ein Stück in den Raum hinein, deutete auf eine der Matten und sagte: »Hier wirst du schlafen.« Die Worte machten deutlich, was Muriel schon vermutet hatte. Der große Raum war ein Schlafsaal. Die Schlafplätze wirkten auf sie alle gleich. Wie in einer Kaserne. Nirgends fand sie einen Hinweis darauf, dass sie benutzt wurden, und nicht ein einziger persönlicher Gegenstand kündete davon, wer sich darauf des Nachts zur Ruhe legte.

Muriel dachte an ihr eigenes Zimmer zu Hause, das von vermeintlich unentbehrlichen Gegenständen geradezu überquoll, und stellte betroffen fest, mit wie wenig Hab und Gut die Mädchen hier auskamen.

»Die Truhe ist für deine Kleidung«, hörte sie die Priesterin sagen. »Die Schülerinnen hier tragen alle ein schlichtes Gewand«, fuhr sie mit einem Blick auf Muriels bunten Rock fort. »Ich werde einer von ihnen Anweisung geben, dir eines zu besorgen.«

»Das … das ist sehr freundlich.« Muriel räusperte sich verlegen, aber ihre Stimme klang trotzdem heiser. Immerhin gelang ihr ein dankbares Lächeln. Sie spürte den Blick der Obersten Priesterin auf sich ruhen und hatte das Gefühl, dass sie noch etwas hinzufügen müsse. Aber sosehr sie auch überlegte, eine gescheite Frage kam ihr nicht in den Sinn.

Borrrgurrr.

Ihr knurrender Magen rettete sie aus der peinlichen Situation. Das Geräusch war unverkennbar und hallte gut vernehmlich durch den Schlafsaal.

»Du hast Hunger?«

Muriel glaubte ein Schmunzeln auf dem Gesicht der Oberpriesterin zu erkennen und entspannte sich etwas. »Ja, sehr.« Das war nicht einmal gelogen. Bis auf die gefüllte Teigtasche hatte sie noch nichts gegessen, seit sie mit Ascalon hier angekommen war. Und jetzt, während sie sich daran erinnerte, wurde der Hunger sogar noch schlimmer.

»Folge mir.« Ixchel machte eine einladende Handbewegung und schickte sich an, den Schlafsaal zu verlassen. »Die anderen Schülerinnen nehmen nach dem Beten die Abendmahlzeit ein. Ich werde die Gelegenheit nutzen, dich ihnen vorzustellen.«

Die neue Schülerin

Das Reden und Lachen von jungen Frauen war in den Gängen zu hören, lange bevor Muriel und Ixchel den Speisesaal erreichten.

Muriel fühlte sich unbehaglich. Je näher sie dem Speisesaal kamen, desto langsamer ging sie, um die Begegnung mit den angehenden Priesterinnen noch etwas hinauszuzögern.

Der Obersten Priesterin entging das nicht. Vor der rechteckigen Wandöffnung, hinter der der Speisesaal lag, blieb sie stehen und wartete, bis Muriel zu ihr aufschloss. »Du musst keine Angst haben«, sagte sie. »Die Mädchen sind alle ungefähr in deinem Alter. Ihr werdet euch sicher gut verstehen.«

Muriel nickte stumm und warf einen kurzen Blick auf die Tür, wo sich im Fackelschein einzelne Gestalten bewegten.

»Bist du bereit?«, fragte Ixchel.

Muriel zögerte. In der kurzen Zeit, die sie sich bei den Maya aufhielt, waren ihr das Herzklopfen und die weichen Knie schon fast zur Gewohnheit geworden. Diese erste Aufgabe war eine wirklich harte Prüfung. Das Leben bei den Maya, besonders bei den Priesterinnen, schien strengen Regeln zu folgen. Konnte sie unter diesen Umständen überhaupt eine Gelegenheit finden, nach dem Tonkrug mit dem geheimen Kodex zu suchen? Und selbst wenn, Tikal war viel größer, als sie es sich in ihren kühnsten Träumen vorgestellt hatte. Wo sollte sie mit der Suche beginnen?

»Nun?« Die Stimme der Obersten Priesterin erinnerte Muriel daran, dass diese noch immer auf eine Antwort wartete. So holte sie noch einmal tief Luft, straffte sich und wappnete sich innerlich für den Augenblick, da sie den Mädchen im Speisesaal gegenübertreten würde. Dann sagte sie: »Ja, ich bin bereit.«

Als die Oberste Priesterin den Raum betrat, wurde es so schlagartig still, als hätte jemand einen Schalter umgelegt. Die fünfundzwanzig Mädchen unterschiedlichen Alters, die auf Schilfmatten an niedrigen Tischen saßen und aßen, nahmen Haltung an und senkten demütig die Häupter.

»Meine Töchter.« Die Oberste Priesterin ließ den Blick über die Mädchen schweifen. »Dem allmächtigen Itzamná* hat es gefallen, euch heute eine weitere Schwester zu senden, die hier in Tikal in die Priesterinnenschule aufgenommen werden möchte.« Sie gab Muriel ein Zeichen und forderte sie auf vorzutreten.

»Das ist Mucen aus Naranjo«, fuhr sie fort, als Muriel neben ihr stand. »Sie hat ihre Mutter verloren und niemanden mehr, dem sie sich anvertrauen kann. So legte sie ihr Leben in Itzamnás Hände und machte sich ganz allein den Weg durch die Sümpfe und den Dschungel, um sich uns anzuschließen.«

Erstauntes und bewunderndes Gemurmel erfüllte den Saal, als die Mädchen das hörten. Offenbar war es von Tikal nach Naranjo ziemlich weit und eine beachtliche Leistung, den Weg allein und zu Fuß zurückzulegen. Die Mädchen tuschelten aufgeregt miteinander und starrten Muriel neugierig an, aber ein strenger Blick der Obersten Priesterin ließ rasch wieder Ruhe einkehren. »Ich habe ihr bereits einen Schlafplatz zugewiesen, an dem sie sich von der langen Reise erholen kann«, erklärte sie. »Nun ist es an euch, sie mit Nahrung und Kleidung zu versorgen und ihr die Regeln dieser Schule zu erklären. Vielleicht beginnt ihr zunächst mit dem Einfachsten und lasst sie an eurer Mahlzeit teilhaben, denn sie ist sehr hungrig.«

Einige Mädchen nickten, andere lächelten Muriel zu und wieder andere starrten sie einfach nur an. Muriel wand sich innerlich. Es war fast wie damals, als sie auf den Birkenhof gezogen waren und sie das erste Mal in Willenberg vor der neuen Klasse stand. Heute wie damals fühlte sie sich wie auf dem Präsentierteller und hätte sich am liebsten irgendwo hin verdrückt. Die Blicke der Mädchen bereiteten ihr Unbehagen, und wenn auch die meisten freundlich oder neugierig schauten, bemerkte sie mindestens eine, die sie mit finsterem Blick aus zusammengekniffenen Augen musterte.

Muriel kannte diesen Blick nur zu gut.

Am Willenberger Gymnasium hatte sie auch jemand so angesehen, als die Lehrerin sie an ihrem ersten Tag der Klasse vorgestellt hatte. Jessica hieß das Mädchen, das ihr das Leben in der Klasse schwer gemacht hatte. Sie war die verzogene Tochter eines wohlhabenden Unternehmers und hatte jeden spüren lassen, dass sie sich für etwas Besseres hielt.

Jessica war ein Jahr später auf ein Internat gewechselt – was wohl das Beste für alle gewesen war. Sie war nie Muriels Freundin geworden, und auch dieses Mädchen hier würde es vermutlich nicht werden. Einer plötzlichen Eingebung folgend, erwiderte Muriel den Blick und lächelte dem fremden Mädchen freundlich zu. Es war ein Versuch, ein stummes Freundschaftsangebot. Immerhin kannte sie das Mädchen nicht und wollte ihr eine Chance geben.

Die Reaktion darauf hätte von Jessica stammen können. Statt das Lächeln zu erwidern, reckte das Mädchen nur das Kinn etwas in die Höhe, verschränkte die Arme vor der Brust und wandte sich ab.

Muriel nickte unmerklich. Sie hatte nichts anderes erwartet.

»Mucen, du kannst dich hier zu mir setzen!«

Im ersten Moment begriff Muriel nicht, dass sie gemeint war. Der Name, den sie sich selbst gegeben hatte, war ihr noch zu fremd. Etwas verwirrt blickte sie das zierliche schwarzhaarige Mädchen mit der für die Maya typischen nussbraunen Hautfarbe an, das ihr von einem der hinteren Tische aus zuwinkte.

Die Oberste Priesterin deutete Muriels Zögern offenbar als Schüchternheit. »Geh nur. Du darfst dich gern zu ihr setzen«, sagte sie aufmunternd und deutete auf den freien Platz. »Chila ist sehr nett, sie wird dich in allem unterweisen, was du wissen musst.«

Muriel nickte und ging langsam auf das Mädchen zu. Es wäre ihr lieber gewesen, Chila hätte an einem der vorderen Tische gesessen. Sie konnte spüren, wie ihr die Blicke der angehenden Priesterinnen folgten, als sie durch die Reihen ging, und stellte voller Unbehagen fest, dass ihr Weg direkt an dem Mädchen vorbeiführte, das sie zuvor so verächtlich angesehen hatte.

Es hat ganz den Anschein, als ob sie auf etwas ... Muriel zuckte zusammen, weil sie etwas Kühles und Feuchtes unter ihrem Fuß spürte. Sie blieb stehen und blickte zu Boden, wo zwischen ihren Zehen rote Tomatenmasse hindurchquoll.

»Nein, so etwas aber auch!« Das unsympathische Mädchen blickte zu ihr auf und grinste schadenfroh. »Da hat wohl jemand nicht bemerkt, dass eine Tomate vom Tisch gerollt ist.«

Alle lachten.

Muriel sagte nichts. Daheim hätte sie sich das nicht gefallen lassen, hier aber war Vorsicht angebracht. So schluckte sie ihren Ärger hinunter und befreite ihren Fuß von den Überresten der Tomate.

»Was ist da los?«, hörte sie Ixchel ausrufen.

»Eine Tomate ist zu Boden gefallen!«, rief eines der Mädchen. »Und Mucen ist draufgetreten.«

»Eine Tomate?« Die Stimme der Obersten Priesterin nahm einen scharfen Tonfall an. Ihr strenger Blick schweifte durch den Saal. »Wer hat das zu verantworten?«

Niemand antwortete.

»Raus mit der Sprache«, forderte die Priesterin. Eine zornige Ungeduld schwang in den Worten mit, als sie hinzufügte: »Oder wollt ihr etwa alle bestraft werden?«

Bestraft? Alle? Muriel konnte nicht glauben, was sie da hörte. Jetzt lachte niemand mehr. Einige Mädchen blickten betroffen, andere ängstlich drein, während ihre Blicke so eifrig umherhuschten, als hofften sie, dass sich die Schuldige zu erkennen geben würde.

»Ich warte!« Ixchel verschränkte die Arme vor der Brust. »Ihr wisst ja, es sind genug *metlatl** für alle da.«

Einige Mädchen keuchten auf. Was immer ein *metlatl*

war, war offensichtlich nicht sehr beliebt. Muriel war die ganze Sache sehr peinlich und irgendwie fühlte sie sich auch ein wenig mitschuldig an dem Ärger. Um das Missgeschick wenigstens etwas wiedergutzumachen, bückte sie sich und las die Tomatenreste vom Boden auf. Dabei bemerkte sie aus den Augenwinkeln, wie das unsympathische Mädchen ihre deutlich jüngere Tischnachbarin verstohlen mit dem Ellenbogen anstieß und ihr etwas zuflüsterte. Diese riss erschrocken die Augen auf und schüttelte energisch den Kopf, aber die Ältere schien genau zu wissen, was sie tat. Nur wenige Worte, die Muriel nicht verstehen konnte, genügten. Dann hob das Mädchen verschüchtert den Arm und sagte mit dünner Stimme. »Ehrwürdige, verzeiht mir meine Unachtsamkeit. Es ... es kommt nicht wieder vor.«

»Nun, darüber wirst du morgen ausreichend nachdenken können!«, erwiderte die Oberste Priesterin kühl. »Während du zehn Schalen Mais auf dem *metlatl* mahlst.«

»Zehn Schalen?« Das Mädchen erbleichte, widersprach aber nicht, sondern senkte nur demütig das Haupt und murmelte: »Ja, Ehrwürdige.«

»Nun, dann ist das ja geklärt.« Die Oberste Priesterin schien zufrieden. »Und jetzt beeilt euch mit dem Essen. Nicht mehr lange, dann beginnt die erste Wache der Nacht und es wird Zeit, schlafen zu gehen.« Mit diesen Worten verließ sie den Raum und ging davon.

Für eine kurze Weile herrschte im Saal atemlose Stille.

Es schien, als wage keiner die Stimme zu erheben, ehe sichergestellt war, dass die Oberste Priesterin es nicht mehr hören konnte. Muriel sah, wie es in Chilas Gesicht arbeitete. Ihre Wangen waren zorngerötet. Der Blick, mit dem sie das unsympathische Mädchen bedachte, hätte töten können. Dann hielt sie es nicht mehr aus. »Was fällt dir ein, Zamná?«, herrschte sie das Mädchen an. »Hast du vergessen, wie wir unsere Gäste behandeln?«

»Sie ist kein Gast«, erwiderte Zamná trocken. »Ich weiß gar nicht, warum du dich so ereiferst. Ich habe nichts Unrechtes getan. Ahau hier«, sie deutete auf das Mädchen, das neben ihr saß und mit zusammengekniffenen Lippen zu Boden blickte, »hat die Tomate fallen lassen. Das …«

»… ist eine Lüge und du weißt es«, fuhr Chila sie an. »Glaubst du, ich habe nicht gesehen, dass du die Tomate fallen gelassen hast? Glaubst du, ich habe nicht bemerkt, dass du Ahau bedrängt hast, die Schuld auf sich zu nehmen?«

»So, das willst du also gesehen haben?« Zamná erhob sich, schob sich unsanft an Muriel vorbei und baute sich drohend vor Chila auf. »Da bist du aber wohl die Einzige gewesen.« Sie drehte sich um und blickte die anderen Mädchen nacheinander an. »Oder?«

Muriel rechnete fest damit, dass eine ganze Reihe von Mädchen Chila beipflichten würden. Zumindest die, die in den hinteren Reihen saßen, mussten auch gesehen haben, wie Zamná auf Ahau eingeredet hatte. Aber nichts geschah.

Alle Mädchen schauten weg, niemand kam Chila zu Hilfe, niemand ergriff das Wort. Das Schweigen musste für Chila schlimmer sein als ein Schlag ins Gesicht.

Muriel staunte. Offenbar besaß diese Zamná hier großen Einfluss.

»Siehst du?« Ein triumphierendes Lächeln umspielte Zamnás Mundwinkel. »Du musst geträumt haben. Niemand hat etwas gesehen.«

»Doch, ich!« Muriel wusste nicht, welcher Teufel sie ritt, sich da einzumischen. Sie wollte keinen Streit, schon gar nicht mit dieser Zamná, aber sie konnte es einfach nicht ertragen, wie sich das Mädchen aufspielte und die anderen ihrem Willen unterwarf. »Ich habe genau gesehen, dass du Ahau überredet hast, die Schuld auf sich zu nehmen.«

»So, hast du das?« Zamná wandte sich um und starrte Muriel wütend an. »Und was willst du jetzt tun?«

»Ich hebe es mir auf.« Muriel versuchte locker zu klingen, zog die Schultern in die Höhe und grinste frech. »Wer weiß, wofür es mal gut ist.«

Die Antwort schien Zamná zu verwirren. »Du willst es der Obersten Priesterin sagen, nicht wahr?«, versuchte sie Muriel in die Ecke zu drängen. »So wie die einfältige Chila da drüben, die nicht mit ansehen kann, dass die liebe kleine Ahau die Drecksarbeit für mich übernimmt.«

»Nein.« Muriel blieb ganz cool. Die Machtkämpfe der Schülerinnen gingen sie nichts an. Sie würde ohnehin nicht lange hierbleiben. Dafür, dass sie nichts in der Vergangenheit verändern durfte, war schon jetzt viel zu viel geschehen, aber das konnte sie nun nicht mehr rückgängig machen. »Ich wollte dir nur sagen, dass Chila die Wahrheit spricht. Aber das wusstest du ja auch schon vorher – oder etwa nicht?« Diesmal war sie es, die sich unter Einsatz von Schulter und Ellenbogen an Zamná vorbeischob und sich zu Chila gesellte.

Demonstrativ setzte sie sich auf den freien Platz am Tisch, nahm sich etwas Obst aus der Schale, die auf dem Tisch bereitstand, und biss so gelassen hinein, als sei das Thema für sie beendet.

Zamná sah das anders. Mit drei Schritten stand sie neben Muriel, stemmte die Hände in die Hüften, beugte sich zu ihr herab und sagte gönnerhaft: »Du bist hier neu, da will ich Nachsicht walten lassen. Vergessen werde ich es nicht – Schwester.« Das letzte Wort kam ihr über die Lippen, als hätte es einen ekelhaften Beigeschmack.

Muriel kaute einfach weiter, als hätte sie es nicht gehört, und tat, als sei Zamná Luft für sie. Sie spürte, dass ihr Verhalten Zamná nur noch wütender machte, aber sie war entschlossen, jedem Streit aus dem Weg zu gehen.

»Du … du …« Ein Trompetensignal ließ Zamná verstummen. Die Mädchen ringsumher erhoben sich ruckartig, säuberten ihre Teller mit der Hand und stellten sie wieder auf die Tische zurück, ehe sie den Raum schweigend verließen.

Zamná wirkte unentschlossen. Es war nicht zu übersehen, dass sie den Streit zu gern noch fortgeführt hätte, andererseits schien das Trompetensignal für alle bindend zu sein. So beugte sie sich nur noch einmal zu Muriel herab und zischte ihr mit Unheil verkündender Stimme zu: »Wir sehen uns noch.«

»Diese Schlange!« Voller Abscheu blickte Chila Zamná nach, als diese den Raum verließ.

»Sie ist nicht sonderlich beliebt – oder?«, erkundigte sich Muriel kauend.

»Das kann man wohl sagen.« Chila nickte. »Freunde hat sie hier keine. Nur eine Handvoll Vertraute, die sich einen Vorteil davon erhoffen, in ihrer Gunst zu stehen. Aber das stört sie nicht. Mit geheimem Wissen und durch hinterhältige Intrigen hat sie geschickt dafür gesorgt, dass alle sie fürchten, und das genügt ihr. Sie weiß, wo wir unsere wunden Punkte haben, und setzt dieses Wissen rücksichtslos ein, um uns zu erpressen.«

»So wie eben.« Muriel nickte bedächtig.

»Genau.« Chila senkte die Stimme, beugte sich zu Muriel und flüsterte ihr zu: »Ahau versorgt ihre Familie mit Nahrung aus dem Palast. Ihre Eltern sind beide schwer erkrankt, die Geschwister noch zu klein für die Feldarbeit. Ohne Ahaus Hilfe müssten sie hungern. Wenn die Oberste Priesterin das erfährt, wird Ahau von hier ausgeschlossen. Du kannst dir vorstellen, was das bedeutet.«

Muriel nickte. »Aber du hast keine Angst vor ihr«, stellte sie fest.

»Das täuscht.« Chila seufzte. »Sie hat bisher noch nichts gefunden, womit sie mich erpressen kann, dadurch bin ich etwas freier als die anderen und kann sagen, was ich denke. Allerdings lässt sie keine Gelegenheit aus, mir eins auszuwischen. Ärgerlich, aber das ist es mir wert. Ich fürchte nur den Tag, an dem sie etwas findet, das sie gegen mich verwenden kann. Dann wird sie alles daransetzen, mich aus dem Haus der Priesterinnen zu vertreiben.«

»Das könnte sie?« Muriel nahm sich noch eine Frucht und biss hinein.

»Ja.« Chila nickte. »Ihr Vater ist ein angesehener Priester. Ihre Familie hat großen Einfluss in Tikal.«

»Jetzt verstehe ich.« Muriel legte die Frucht fort und blickte sich um. Sie waren nun allein in dem großen Raum. »Müssen wir nicht auch gehen?«, fragte sie Chila. Die Eile der anderen Mädchen war ihr noch gut in Erinnerung und sie fürchtete, dass Chila Ärger bekommen könnte, wenn sie zu spät kam.

»Nein, keine Sorge. Die Oberste Priesterin hat gestattet, dass du dich satt essen kannst, und mir aufgetragen, mich um dich zu kümmern.« Chila lächelte. »Wir haben Zeit.«

Der Bote der Unterwelt

Als Muriel und Chila in den Schlafsaal kamen, war es draußen schon stockdunkel. Muriel hatte ausreichend gegessen und dabei noch einiges über das Leben in Tikal von Chila erfahren.

So wusste sie nun, dass Ah Coyopa, der Priesterfürst, schon in jungen Jahren großes Ansehen erlangt hatte, weil er zu den wenigen Sternenkundigen gehörte, die in der Stadt lebten. Mithilfe von Rohren aus Jade und durch Sehschlitze im Gemäuer der Sternenwarte beobachtete er den Himmel und es war ihm einmal sogar gelungen, eine der gefürchteten schwarzen Sonnen* vorherzusagen. Das hatte ihm großes Ansehen unter den Maya eingebracht. Später hatte man ihn dafür sogar zum Priesterfürsten von Tikal ernannt. Auch während seiner Regentschaft hatte er intensive Studien der Sterne betrieben. Dabei galt sein Interesse einem längst verstorbenen Priesterfürsten namens

Pacal, der einer Legende zufolge nach seinem Tod zu einem Sternbild der Milchstraße gereist sein sollte, das die Maya »Schildkröte« nannten und das sie für die Heimat der Götter hielten.

Chila sprach voller Ehrfurcht davon, dass Ah Coyopa erst kurz vor dem Schlangenbiss hatte verkünden lassen, dass er bei seinen Forschungen nach der Heimat der Götter einen entscheidenden Schritt weitergekommen sei. Muriel hätte gern mehr darüber erfahren, aber sie hatte sich die Frage verkniffen, weil sie es als Maya eigentlich hätte selbst wissen müssen. So hatte sie zwar Informationen bekommen, aber auch neue Rätsel gefunden, als sie sich schließlich auf der Schilfmatte zur Ruhe legte, die die Oberste Priesterin ihr zugewiesen hatte.

Sie war etwas enttäuscht, als sie feststellte, dass Chila in einer Ecke auf der anderen Seite des Raums schlief. Sie hatte schnell Vertrauen zu dem mutigen und offenherzigen Mädchen gefasst und hätte sich gewünscht, auch weiterhin in ihrer Nähe zu sein. Zu ihrer Erleichterung war aber auch Zamnás Schlafplatz weit genug von dem ihren entfernt, ein Umstand, der sie etwas mit der ungewohnten Situation versöhnte.

Muriel gähnte und versuchte eine halbwegs bequeme Stellung zu finden. Doch obwohl sie von den Ereignissen des Tages müde und erschöpft war, fand sie keinen Schlaf.

Sie fühlte sich einsam und verloren in der fremden Welt. Immer wieder wanderten ihre Gedanken zu Ascalon, der die Nacht draußen im Dschungel mit all den Gefahren, die dort auf ihn lauern mochten, verbringen musste.

Hoffentlich geschieht ihm nichts, dachte sie bei sich und versuchte sich abzulenken, indem sie überlegte, wie sie den Kodex wohl am schnellsten austauschen könne. Dabei wurde ihr bewusst, dass sie sich in der fremden Welt noch viel zu wenig auskannte, um sich auch nur den Ansatz eines Plans auszudenken. Die Göttin hatte sie nicht umsonst so früh nach Tikal geschickt. Bevor sie überhaupt daran denken konnte, Pläne zu schmieden, musste sie erst noch viel lernen und sich hier einleben, als wäre sie eine echte Maya.

»Wenn ich überhaupt jemals einen Plan haben werde«, murmelte sie voller Selbstzweifel, seufzte und drehte sich auf den Rücken, weil ihre Schulter schmerzte. Auf dem harten Boden, ohne Decke und Kopfkissen, war an eine angenehme Nachtruhe nicht zu denken. Zwar war es immer noch warm genug, um auch ohne Decke zu schlafen, aber ohne etwas, in das sie sich verkriechen konnte, fühlte sich Muriel irgendwie schutzlos und preisgegeben. So lag sie einfach nur da, dachte an das, was sie erlebt hatte, und lauschte auf die gleichmäßigen Atemzüge der schlafenden Mädchen, während die schmalen Streifen Mondlicht, die durch die Fensterschlitze fielen, langsam über den Boden wanderten und die Nacht voranschritt.

Ein Windzug trug den süßen Duft von Vanilleschoten,

die in Körben vor der Tür standen, in den Schlafsaal und von draußen drang der Geruch eines Feuers herein. In der Ferne erklang leise Musik. Muriel schloss die Augen und lauschte auf die klagenden Laute der fremden Blasinstrumente, auf die scharfen Töne von Flöten und das hohle Pochen der Trommeln. Es war tröstlich zu wissen, dass nicht alle in Tikal schliefen, aber es lag nichts Vertrautes in den Klängen und so trug die Musik nur dazu bei, das Gefühl der Einsamkeit in ihr weiter zu vertiefen.

Als sie die Augen wieder öffnete, sah sie die Eule.

Sie hockte unmittelbar über ihr in einer der Fensteröffnungen, wandte den Kopf hin und her und schaute zu ihr hinab. Ihre Augen blitzten, wenn sich das Mondlicht darin spiegelte.

Huuh, hu-hu.

Der Ruf der Eule brach sich an den Wänden des Schlafsaals und schien dadurch noch lauter zu werden. Einige Mädchen regten sich unruhig im Schlaf, andere erwachten.

»Eine Eule!« Das Mädchen neben Muriel sprang auf und wich erschrocken zurück. Ihr Schrei weckte auch die anderen.

»Eine Eule!«

»Weg da!«

»Rettet euch! Schnell!«

»Sie sind da. Sie sind da! Die Boten der Unterwelt. Sie sind gekommen!«

Alle riefen nun aufgeregt durcheinander. Die Mädchen, die in der Nähe der Eule gelegen hatten, ergriffen in Panik die Flucht und gesellten sich zu den anderen, die sich auf der anderen Seite des Raums zusammendrängten.

Alle – bis auf Muriel. Überrascht von der heftigen Reaktion der Mädchen hockte sie auf ihrer Schlafmatte und schaute sich verwirrt um.

»Mucen, die Eule!«, hörte sie Chila über das allgemeine Lärmen hinweg rufen. »Siehst du sie nicht? Du muss da weg, sonst ...«

»Muss sie das wirklich?« Zamnás Stimme schnitt mit der Schärfe eines Messers durch die Luft und ließ die anderen verstummen. »Musst du wirklich fortlaufen, nur weil da oben eine Eule sitzt?«, wandte sie sich an Muriel.

»Natürlich nicht.« Muriel wusste nicht, worauf die Maya hinauswollte. Sie antwortete instinktiv, spürte aber sofort, dass es die falsche Antwort gewesen sein musste. Die Mädchen gaben entsetzte Laute von sich und wichen noch ein Stück zurück, während sich auf Zamnás Gesicht ein zufriedenes Lächeln abzeichnete.

»Nein, natürlich nicht«, säuselte sie gefährlich ruhig, während sie Muriel mit einem schwer zu deutenden Blick musterte. »Eulen sind ja auch nicht gefährlich. Nicht für dich. Sie tun dir nichts. Oder sollte ich besser sagen, sie sind deine ...«

Klack!

Tock, pock-pock.

Etwas knallte gegen die Mauer neben den Fensterschlitz und fiel klackend zu Boden. Die Eule drehte sich um, stieß sich vom Sims ab und glitt lautlos davon.

»Lass sie in Ruhe, Zamná!« Chila drängte sich durch die Menge und baute sich schützend vor Muriel auf, die noch immer nicht begriff, was hier gespielt wurde. »Sie ist neu hier, da musst du nicht …«

»Es war eine Eule bei ihr«, unterbrach Zamná sie, in einem Ton, als erkläre dies alles. »Du weißt, was das bedeutet.«

»Das bedeutet, dass sie sich zufällig das Fenster über Mucen ausgesucht hat, um sich auszuruhen«, erwiderte Chila nicht minder scharf.

»Du weißt, dass das nicht wahr ist. Die Boten der Unterwelt tun nichts zufällig. Und sie«, Zamná deutete mit dem Finger auf Muriel, »zeigte keine Furcht. Das kann nur eines bedeuten. Sie gehört zu ihnen.« Ein erschrockenes Raunen lief durch den Raum, als Zamná ihren Verdacht offen aussprach. Die Mädchen schlugen die Hände vor den Mund und starrten Muriel mit weit aufgerissenen Augen an.

»Sie will von Naranjo nach Tikal gelaufen sein? Allein? Ohne Hilfe?« Zamná redete sich immer mehr in Rage. »Ha! Jedes Kind weiß, wie gefährlich das ist. Ich bin sicher, sie ist mehr, als sie zu sein vorgibt, und die Eule ist der Beweis. Sie ist nicht zufällig hier. Die Geschichte mit ihrer verstorbenen Mutter ist eine einzige Lüge. Das sehe ich ihr an der Nasenspitze an.« Sie drehte sich zu den anderen um, hob die Arme und fragte gut vernehmlich: »Wollt ihr wissen, was ich glaube?« Niemand antwortete, aber das störte Zamná nicht. »Ich glaube, sie ist ein Spitzel aus Naranjo, eingeschleust von den Priesterfürsten aus Calakmul*, die in der Schwäche Ah Coyopas eine Chance für einen Überfall sehen. Im Gewand einer Schülerin mit ach so tragischer Geschichte soll sie auskundschaften, wie es um die Wehrhaftigkeit Tikals bestellt ist. Sie ist ein Spitzel, sage ich. Das *Kuxum** kündet schon lange von einer Bedrohung aus dem Reich der Schlange, die das Reich des Jaguars zerstören will. Die Eule ist der Beweis dafür, dass sie mit den Göttern der Unterwelt im Bunde ist, die hier reiche Ernte halten wollen.« Zamnás Stimme wurde plötzlich ganz leise, als sie voll düsterer Vorahnung hinzufügte: »Hütet euch vor ihr, sage ich, denn sie trägt den Tod nach …«

»Was ist hier los?« Die Stimme der Obersten Priesterin hallte durch den Raum und ließ Zamná jäh verstummen. »Was ist das für einen Aufstand zur Achten Wache der Nacht?«

»Verzeiht, Ehrwürdige.« Ein Mädchen trat vor und verbeugte sich tief. Da sie so schnell reagierte, vermutete Muriel, dass sie die Sprecherin der Gruppe war. »Aber wir sahen einen Boten der Unterwelt in einem der Fenster sitzen und fürchteten uns.«

»Eine Eule?« Ixchel zog erstaunt eine Augenbraue in die Höhe.

»Ja, Ehrwürdige.« Das Mädchen sah immer noch nicht auf.

»Und was hat Mucen damit zu tun?«, wollte die Oberste Priesterin wissen, der die Feindseligkeit der Mädchen natürlich nicht entgangen war.

»Die Eule saß bei ihr und sie zeigte keine Furcht«, erklärte das Mädchen ausweichend. »Da dachten wir, sie sei mit ihr im Bunde.«

»Was für ein Unsinn ist denn das nun wieder?« Die Oberste Priesterin schien sehr verärgert. »Die Boten der Unterwelt durchstreifen Tikal in jeder Nacht auf der Suche nach armen Seelen, die sie in das finstere Reich von Camozotz* geleiten müssen. Es besteht kein Grund, sie zu fürchten, nur weil sie sich auf einem der Fenstersimse ausruhen. Und jetzt legt euch wieder hin. Ich will nichts mehr hören.«

Niemand erhob ein Widerwort. Die Mädchen gingen zu ihren Schlafplätzen zurück und legten sich hin. Selbst als die Schritte der Ehrwürdigen nicht mehr zu hören waren, herrschte Schweigen.

Muriel hätte erleichtert sein müssen, dass die Oberste Priesterin dem Geschwätz der Mädchen keinen Glauben geschenkt hatte, aber sie war es nicht. Sie ärgerte sich. Viel schneller als erwartet war es Zamná gelungen, das Misstrauen der anderen gegen sie zu schüren. Von nun an würde sie mit dem Verdacht leben müssen, ein Spitzel aus Naranjo zu sein. Ihre Zuversicht, die schwere Aufgabe meistern zu können, hatte schon in der ersten Nacht einen kräftigen Dämpfer bekommen und Muriel dachte voller Unbehagen an das, was daraus erwachsen mochte.

Der nächste Morgen lenkte die Aufmerksamkeit der Mädchen zunächst jedoch auf etwas anderes. Wie ein Lauffeuer sprach sich schon bei der Morgenmahlzeit herum, dass sich der Zustand des Priesterfürsten weiter verschlechtert hatte. Das Fieber wütete noch heftiger in seinem Körper und würde ihn so schwächen, dass er sich kaum mehr bewegen könne. Es hieß, er habe mit brüchiger Stimme nach seinem Schreiber verlangt, um sein erst kürzlich erlangtes Wissen auch über den drohenden Tod hinaus für sein Volk zu bewahren.

Die Mädchen waren bestürzt zu hören, wie schlecht es Ah Coyopa ging. Die Gebete am Morgen, bei dem den Göttern auf einem Altar Feldfrüchte als Opfergaben dargebracht und Räucherharz in Tonpfannen verbrannt wurde, konnten viele nur unter Tränen sprechen.

Muriel saß neben Chila am Boden in der hintersten Reihe und hoffte inständig, dass niemandem auffiel, wie unsicher sie war. Unbeholfen ahmte sie jede Bewegung ihrer neuen Freundin nach, verbeugte sich, wenn Chila es tat und bewegte die Lippen, als würde sie die Gebete leise mitsprechen. Dabei war ihr schmerzlich bewusst, dass jede ihrer Bewegungen zu spät kam und die gemurmelten Worte nicht dem gesprochenen Text entsprachen. Immer wieder blickte sie verstohlen zu Zamná, die in der ersten Reihe vor dem Altar am Boden kniete, aber die junge Priesterin schien völlig in dem Gebetsritual aufzugehen und wandte sich nicht ein Mal zu ihr um.

Nach den Gebeten wurden die Schülerinnen in Gruppen aufgeteilt. Das Siechtum des Priesterfürsten aufzuhalten, erforderte immer größere Mengen an Opfergaben. So wurden die angehenden Priesterinnen von ihren täglichen Pflichten entbunden, um diese von den Grundherren und Bauern einzufordern und in den Tempel zu schaffen.

Diese Aufgabe war für alle neu und machte es Muriel leicht, nicht aufzufallen. Gemeinsam mit Chila und Ahau, deren Strafe angesichts der Dringlichkeit aufgeschoben wurde, erhielt sie den Auftrag, Mais, Bohnen und Paprika aus den südlichen Regionen Tikals zu holen.

Auf ihrem Weg dorthin wurden die beiden Mädchen nicht müde, die Schönheit ihrer Stadt zu preisen. Zu allen Bauten und Palästen, an denen sie vorbeikamen, wussten sie Muriel etwas zu erzählen. Als sie den Ballspielplatz passierten, sah Muriel eine Gruppe von acht Jungen, die dort Pok ta Pok spielten. Aber sie waren zu weit weg und sie konnte nicht erkennen, ob Ah Hunahpu dabei war.

Als sie die vergleichsweise ärmlichen Behausungen der Bauern am Fuße des Hügels erreichten, erlebte Muriel eine Überraschung. Sie hatte fest damit gerechnet, dass die Bauern sich weigern würden, noch größere Mengen der kostbaren Nahrungsmittel für die Altäre der Priester abzugeben, aber das Gegenteil war der Fall. Überall wurden sie freundlich empfangen und reichlich mit Gaben bedacht, sodass sie sich schon gegen Mittag auf den Rückweg zum Haus der Priesterinnen machen konnten.

Chilas Geheimnis

Das Siechtum des Priesterfürsten überschattete das Leben in Tikal so sehr, dass es Muriel in den darauffolgenden zehn Tagen leichtfiel, sich unauffällig in der Stadt umzusehen.

In der knapp bemessenen Zeit, die den angehenden Priesterinnen zwischen ihren zahlreichen Pflichten zur freien Verfügung stand, gelang es ihr tatsächlich, ein paar Informationen zu sammeln und erste Pläne zu schmieden, von denen sie die meisten jedoch bald wieder verwarf, weil sie sich als undurchführbar erwiesen.

Die größte Schwierigkeit lag darin, den Tempel, in dem der Priesterfürst lebte, zu betreten. Dies war, wie Muriel erfuhr, nur wenigen gestattet und selbst von denen gelangten nur die allerwenigsten in die Nähe der Räume, in denen sich die Priesterärzte um den kranken Fürsten kümmerten. Irgendwo dort aber musste sich auch der

Tonkrug mit dem Faltbuch befinden, das sie unbedingt austauschen musste, bevor der Priester starb und der Krug für immer in seinem Grab eingeschlossen wurde.

Muriel überlegte hin und her, wie sie in den Tempel kommen konnte, aber sosehr sie sich auch den Kopf darüber zerbrach, sie hatte keine Idee, wie sie diese Hürde meistern könne.

Die Tage vergingen und Muriel wurde immer mutloser. Sie spürte, dass sie bald handeln musste, sonst würde es zu spät sein. Aber wie? Was konnte sie tun? Manchmal war sie der Verzweiflung nahe, weil sie glaubte, der Aufgabe nicht gewachsen zu sein. Der Priesterfürst war in seinem Tempel so unerreichbar für sie wie das Gold von Fort Knox. Sie hätte schon ein genialer Einbrecher oder Meister der Verwandlung sein müssen, um auch nur in seine Nähe zu kommen. Um die Aufgabe zu erfüllen, blieb ihr nicht mehr viel Zeit, aber auch zehn Tage nach ihrer Ankunft war sie ihrem Ziel noch keinen Schritt näher gekommen und es sah ganz so aus, als würde das auch so bleiben.

Am Morgen des elften Tages, den Muriel bei den Maya verbrachte, kam Bewegung in die eintönige Arbeit des Opfergabensammelns.

Während die Mädchen das Morgenmahl einnahmen, kamen ein grimmig dreinblickender Krieger mit prächtigem Kopfputz und Federschild sowie ein Opferpriester in den Saal. Sie führten einen Stapel Säcke mit sich und erklärten den Mädchen, dass sie von nun an nicht mehr Früchte und Gemüse, sondern Tiere in die Tempel bringen müssten. Ah Coyopa hätte das Bewusstsein verloren und stünde bereits vor den Toren der Unterwelt. Allein das Blut geopferter Tiere könnte ihn jetzt noch davor bewahren, das Tor zu durchschreiten.

Als der Priester und der Krieger gegangen waren, blickte Muriel Chila betroffen an. »Sie wollen Tiere töten? Was für Tiere?«

»Dumme Frage«, hörte sie Zamná hinter sich spotten. »Opfert man in Naranjo etwa keine Tierherzen, um die Götter zu besänftigen?«

»D… doch. Natürlich«, beeilte sich Muriel zu erklären. »Ich … ich wollte nur wissen, welche Tiere wir suchen sollen.«

»Fang am besten einen Jaguar.« Zamná grinste herablassend. »Oder geh mit Pfeil und Bogen auf Pekarijagd* – dann sind wir dich wenigstens los, ehe du Unheil über Tikal bringen kannst.« Sie bedachte Muriel mit einem vernichtenden Blick und verließ den Raum.

»Sie hält mich immer noch für einen Spitzel.« Muriel schaute ihr hinterher, schüttelte betrübt den Kopf und seufzte.

»Sie wird schon noch erkennen, dass ihre Anschuldigungen falsch sind. So wie die anderen auch.« Chila lächelte Muriel aufmunternd zu und nahm sich einen der

Säcke. »Kommt!«, forderte sie Muriel und Ahau auf. »Mal sehen, ob wir ein paar streunende Hunde anlocken und ein paar Meerschweinchen einfangen können.«

Die Jagd auf die Meerschweinchen in den Feldern rings um Tikal war nicht schwer. Die kleinen Nager waren sehr zutraulich und kamen sofort angelaufen, wenn man so tat, als ob man ihnen mit der Hand Futter anbot. Wenn man dann schnell zupackte, war ihr Schicksal besiegelt. Muriel stellte sich dabei absichtlich sehr ungeschickt an. Die putzigen Tierchen taten ihr leid und sie war froh, wenn ihr eines entwischte.

»Sag mal, hast du noch nie Meerschweinchen gejagt?« Chila verschnürte ihren prall gefüllten Sack und kam auf Muriel zu. »Dein Sack ist ja noch ganz leer.« Sie schüttelte den Kopf und nahm Muriel den leeren Sack ab. »Lass das bloß nicht die Priester sehen. Sie würden glatt denken, du hättest kein Interesse daran, dass Ah Coyopa wieder gesund wird. Dann muss Zamná nur noch mit ihrer Spitzel-Lüge kommen und – zack«, sie fuhr sich mit einer schneidenden Bewegung der Handkante am Hals entlang, »liegst du selbst auf dem Opferaltar.« Chilas Worte sollten scherzhaft klingen, doch Muriel ahnte, dass eine bittere Wahrheit darin verborgen lag.

»Aber sie sind zu schnell für mich.« Sie seufzte und hob die Hände zu einer hilflosen Geste. »Ich weiß gar nicht, wie ihr die Säcke so schnell vollbekommen habt.«

»Vergiss die Meerschweinchen. Deiner ist auch gleich voll.« Ahau deutete auf einen mageren Hund, der zwanzig Meter entfernt schwerfällig über den Weg humpelte. »Der ist langsam genug für dich. Also los, worauf wartest du noch?«

Muriel erhob sich, den Hund fest im Blick. Er tat ihr leid, weil er litt, aber noch viel mehr, weil er nicht wusste, welch grausames Schicksal ihn erwartete. Zu gern hätte sie ihn verscheucht, aber der Hund stand wie angewurzelt, starrte sie an und machte keine Anstalten zu fliehen.

»Lauf weg, du dummer Köter«, zischte Muriel ihm leise zu. Aber der Hund schien es nicht zu hören.

»Na los, schnapp ihn dir!«, hörte sie Chila rufen und Ahau fügte hinzu: »Beeil dich, dann können wir endlich zurückgehen. Ich habe Hunger.«

Der Hund winselte leise und setzte sich auf die Hinterpfoten.

Muriel atmete heftig. Ihre Herz raste. Nur noch zwei Schritte trennten sie von ihm. Sie liebte Tiere über alles und brachte es nicht übers Herz, ihnen etwas anzutun.

»Acna sei uns gnädig, das wird doch wieder nichts!« Aus dem Augenwinkel bemerkte sie eine Bewegung, dann huschte Chila an ihr vorbei, schnappte sich den winselnden Hund und stopfte ihn mit geübten Handgriffen kopfüber in den Sack. »Was ist nur mit dir los?«, fragte sie Muriel kopfschüttelnd, als sie den Sack verschnürte. »Sag bloß, die Tiere tun dir leid.«

»Irgendwie schon.« Muriel senkte beschämt den Blick und versuchte nicht auf den Sack zu achten, in dem sich der Hund strampelnd bewegte. »Ich mag nun mal Meerschweinchen und Hunde.«

»Ich mag sie auch. Am liebsten schön knusprig über dem Feuer geröstet.« Chila grinste und fuhr sich mit der Zunge über die Lippen. »Oder isst man da, wo du herkommst, etwa kein Fleisch?«

»Doch.« Das war nicht mal gelogen.

»Na, also.« Chila schien zufrieden. »Dann weiß ich nicht, warum du dich hier so anstellst. Und jetzt lasst uns zurückgehen. Die Priester warten sicher schon auf die Tiere.«

Von den obersten Plattformen der Pyramiden stiegen dünne Rauchsäulen auf, als die drei in den Tempelbezirk zurückkehrten. In der windstillen Luft hing der Geruch verbrannten Copalharzes* träge zwischen den Gebäuden. An diesem Nachmittag kam jedoch noch ein anderer Geruch hinzu – Gestank von verbranntem Fleisch.

»Ihr kommt spät.« Der Opferpriester, der die Säcke mit den Opfertieren am Fuß einer Stufenpyramide entgegennahm, verzog missbilligend das Gesicht, ging aber nicht weiter darauf ein und begann gemessenen Schrittes die Stufen zu erklimmen.

Muriel fragte sich, was dort oben wohl mit den Tieren geschah, stellte dann aber fest, dass sie es eigentlich gar nicht so genau wissen wollte.

»Die Sonne steht schon tief.« Chila warf einen prüfenden Blick zum Himmel. »Es lohnt sich nicht, heute noch einmal auf die Jagd zu gehen.« Sie überlegte rasch und warf Ahau einen kurzen Blick zu, dann sagte sie: »Was meinst du, Ahau, wollen wir die Zeit nutzen und Mucen in unser Geheimnis einweihen?«

Ein Geheimnis? Muriel horchte auf. Was mochte das sein?

In den Tagen und Nächten, die sie nun schon mit den beiden Mädchen verbrachte, hatte sie nicht einen einzigen Hinweis darauf entdecken können, dass diese ein Geheimnis hatten. Sie mussten es wirklich sehr gut vor den anderen verbergen.

»Ist das nicht ein wenig früh?« Ahau wirkte unentschlossen.

»Also, ich vertraue ihr.« Chila zwinkerte Muriel zu. »Auch wenn sie Tiere etwas zu sehr mag.«

»Also gut.« Ahau nickte. »Aber Mucen muss bei den Göttern schwören, niemandem davon zu erzählen.«

»Ich werde schweigen. Das schwöre ich bei den Göttern«, erklärte Muriel mit feierlicher Miene. Sie war neugierig geworden und wollte unbedingt wissen, was die beiden ihr zeigen wollten.

»Gut, dann komm mit.« Chila winkte Muriel und Ahau, ihr zu folgen. Sie führte die beiden quer durch den Tempelbezirk und von dort auf verschlungenen Pfaden durch den Dschungel zu einem abgelegenen und halb verfallenen Gebäudekomplex, der von Ranken und Pflanzen schon fast überwuchert war.

Muriel schaute sich aufmerksam um. Was mochten die beiden hier für ein Geheimnis verstecken? Seit sie Tikal an der Seite von Ah Hunahpu betreten hatte, war sie nicht mehr im Dschungel gewesen, und obwohl sie wusste, dass es ein verrückter Gedanke war, hoffte sie insgeheim, irgendwo ein Lebenszeichen von Ascalon zu entdecken. Sie hatte große Sehnsucht nach ihrem treuen Begleiter und wenn sie auch wusste, dass Chila und Ahau ihn nicht sehen durften, lauschte sie unterwegs immer auf ein vertrautes Wiehern oder Schnauben, das von Ascalon stammte. Doch sosehr sie auch horchte, der Dschungel mit seinen exotischen Geräuschen blieb unergründlich. Nichts deutete darauf hin, dass Ascalon in der Nähe war.

Blutopfer

»Komm mit!« Chila duckte sich unter einem Rankengeflecht hindurch und huschte an der Wand des Gebäudes entlang. Muriel wollte ihr folgen, da spürte sie völlig unerwartet eine sanfte Berührung ihres Bewusstseins.

Ascalon! Sie hielt den Atem an und horchte in sich hinein, weil sie fürchtete, sich geirrt zu haben. Aber das Gefühl war keine Täuschung. Ascalon war hier. Sie richtete sich auf und schaute sich um, konnte in dem schattigen Dickicht aber nichts erkennen. Zwar glaubte sie einmal eine Bewegung im Unterholz zu bemerken, doch der Eindruck war flüchtig und als sie genauer hinsah, fand sie an der Stelle nichts Ungewöhnliches vor. Dennoch, das Gefühl, nicht allein zu sein, erfüllte sie nach wie vor.

»Du musst keine Angst haben.« Ahau deutete ihr Zögern falsch. Sie lächelte und machte eine auffordernde Geste. »Es ist nichts, das du fürchten müsstest.«

»Ich weiß.« Muriel nickte zerstreut. Obwohl sie sich nichts sehnlicher wünschte, als Ascalon wiederzusehen, spürte sie doch, dass dies nicht der richtige Augenblick dafür war.

Schnell formte sie einen liebevollen Gedanken, den sie zusammen mit einem »Mir-geht-es-gut-Gefühl« an Ascalon sandte, in der Hoffnung, dass dieser die Botschaft verstehen würde. Dann bückte sie sich und folgte Chila unter Ranken und Wurzelgeflecht hindurch zu einer schmalen Türöffnung, hinter der ein kleiner, vom Licht einer Fackel nur spärlich erhellter Raum lag.

Das Erste, was Muriel auffiel, waren die großen Spinnweben in den Ecken und unter der Decke des Raums. Die Schöpfer der feinen Gespinste waren nirgends zu sehen, aber schon der Anblick der dicht gewebten Netze genügte, um ihr einen Schauder über den Rücken zu jagen. Normalerweise hätte sie sofort die Flucht ergriffen, aber dann entdeckte sie auf dem Boden etwas, das ihre Aufmerksamkeit weckte.

In der Mitte des Raums stand ein flacher Tisch, wie sie ihn aus dem Speisesaal kannte. Davor zwei löchrige Schilfmatten, die ihre beste Zeit schon hinter sich hatten. Auf dem Tisch lagen neben Pinseln und Farbtöpfen eine ganze Reihe kleine Blätter, die wie Papier aussahen. Einige davon waren mit kleinen, kunstvoll gestalteten Bildern bemalt.

»Na, was sagst du?« Chila, die mit einer Fackel in der

Hand neben dem Tisch stand, blickte Muriel erwartungsvoll an. Ahau, die als Letzte eingetreten war, schwieg, aber Muriel spürte, dass auch sie gespannt auf ihre Reaktion war.

»Ist das euer Geheimnis?«, fragte Muriel gedehnt. Sie wusste nicht recht, was sie sagen sollte, und versuchte Zeit zu gewinnen. Warum versteckten die beiden Papier und Pinsel in diesem verlassenen Teil Tikals? Als echte Maya hätte sie die Antwort natürlich gekannt. So aber musste sie versuchen es herauszubekommen, ohne sich als Fremde zu verraten. »Ihr … ihr malt heimlich?«

»Malen?« Ein Spur Empörung schwang in Chilas Stimme mit, als sie das Wort wiederholte. »Wir malen doch nicht, wir schreiben.«

»Ja, natürlich.« Muriel wusste auch ohne Spiegel, dass ihr Lächeln dümmlich wirkte. Hastig beugte sie sich über den Tisch, damit die beiden ihr Gesicht nicht sehen konnten, und tat, als betrachtete sie die Papierstücke genauer. »Stimmt, es sind Schriftzeichen, jetzt sehe ich es auch. Verzeiht, das Licht war nicht so …«

»Wir üben uns hier in der Kunst des Schreibens«, hörte sie Ahau hinter sich sagen. »Es ist nicht recht, dass nur wenige Ausgewählte das erlernen dürfen.«

»Ahau und ich wollen später einmal Schreiber werden«, ergänzte Chila voller Stolz. »Wir wollen das Wissen unseres Volkes bewahren für alle, die nach uns kommen, und ihnen erzählen, wie wir hier in Tikal gelebt haben.

Stell dir mal vor, dass unsere Aufzeichnungen vielleicht noch in tausend *tun* gelesen werden, ist das nicht ein wunderbarer Gedanke?«

»Aber es gibt so viele verschiedene Schriftzeichen«, erwiderte Muriel, die sich daran erinnerte, was ihre Mutter über die Maya-Schrift gesagt hatte, »und alle sind so furchtbar kompliziert und schnörkelig. Wie wollt ihr die jemals alle erlernen?«

»Ja, ja ... Das ist genau das, was die Priester uns hier in Tikal auch immer erzählen, damit wir gar nicht erst auf den Gedanken kommen, die Schriftzeichen lesen oder gar schreiben zu wollen.« Chila verdrehte genervt die Augen: »Zu viele Schriftzeichen, zu schwierig das Zeichnen, zu unfähig die Hände«, wiederholte sie gelangweilt, was die Priester ihnen offenbar immer sagten. Dann ballte sie die Fäuste, straffte sich und fügte mit entschlossenem Blick hinzu: »Aber das stimmt nicht. Es ist nicht schwer. Und wir sind auch nicht unfähig. Was die Auserwählten können, können wir auch. Wir müssen es nur üben.«

»Chila hat recht«, pflichtete Ahau ihr bei. »Wir können schon fünf mal zehn Zeichen auswendig zeichnen und kennen auch ihre Bedeutung. Und wir üben erst seit der letzten Regenzeit. Noch vier oder fünf *tun*, dann können wir es so gut wie die Schreiber im Tempel der Priesterfürsten, du wirst schon sehen.« Sie drehte sich um, bückte sich und öffnete den Deckel einer Binsentruhe, die in einer Ecke des Raums stand.

»Sieh dir das mal an«, sagte sie nicht ohne Stolz und hielt Muriel einen kleinen Stapel Rindenpapierblätter entgegen. »Das ist mein erstes eigenes Faltbuch. Ich habe sogar die Blätter selbst zusammengeklebt.«

»Das hast du gezeichnet?« Staunend nahm Muriel das Faltbuch in Empfang. Die Bilder und Zeichen darauf waren ihr fremd, aber da sie jetzt wusste, dass nicht alle Maya lesen und schreiben konnten, machte es ihr nichts aus, ihre Unwissenheit auch zuzugeben. »Was steht da?«

»Eigentlich nichts.« Ahau grinste schief. »Es sind im Grunde nur Schreibübungen mit den Schriftzeichen, die wir schon gelernt haben. Ich wollte nur mal sehen, wie es sich als Faltbuch so macht.«

»Dafür sieht es aber schon richtig gut aus.« Muriel spürte, wie unangenehm es Ahau war, dass sie noch keinen richtigen Text geschrieben hatte, und wollte etwas Nettes sagen. »Du hast die Figuren sauber gezeichnet und alles so perfekt in die Zeilen geschrieben wie die Schreiber des Priesterfürsten. Das ist unglaublich.«

»Sieh mal, das sind meine Schriftzeichen.« Chila reichte ihr ein paar lose Blätter. Auch hier waren die Figuren mit dünnen farbigen Pinselstrichen so sorgfältig aufgebracht, dass Muriel nur staunen konnte.

»Ihr beide seid wirklich begnadete Zeichner«, sagte sie, während sie den Mädchen die Papiere zurückgab. »Ich bin sicher, ihr werdet euer Ziel erreichen.«

»Wir … wir wollten dich eigentlich fragen, ob du mitmachen möchtest?« Ahau lächelte schüchtern und erklärte, noch ehe Muriel etwas dazu sagen konnte: »Weißt du, wir machen das immer so, dass nur eine von uns hierherkommt und die andere die gemeinsame Aufgabe allein erledigt. Wenn wir zu dritt wären, könnten auch mal zwei von uns hierhergehen, während die Dritte die anderen deckt – verstehst du? Es … es ist immer etwas unheimlich hier, so alleine, und auch gefährlich. Einmal hatte ich sogar schon Besuch von einem Chulul*, den ich nur mit der Fackel vertreiben konnte.« Sie redete schnell und mit geröteten Wangen, ganz so, als ob es ihr unangenehm sei, Muriel danach zu fragen.

Muriel schwieg. Was sollte sie darauf antworten? Sie hatte doch gar keine Zeit, mit den beiden hier zu sitzen und Schriftzeichen zu üben. Die wenigen freien Stunden, die ihr zur Verfügung standen, musste sie dringend dafür nutzen, endlich einen Plan zu entwickeln, um in den Tempel des Priesterfürsten zu gelangen.

Sie seufzte im Stillen. Wie gern hätte sie dabei ihre Freundinnen um Hilfe gebeten. Chila und Ahau wussten so viel mehr als sie und würden ihr sicher helfen können. Aber das war ihr streng verboten. Sie musste allein einen Weg finden, ihre Aufgabe zu meistern.

»Magst du nicht?«, fragte Ahau vorsichtig nach, weil Muriel nicht antwortete.

»Ich … ich bin nicht sonderlich gut im Zeichnen«, antwortete Muriel ausweichend. »Ich glaube nicht, dass ich so etwas«, sie deutete auf die Schriftzeichen der beiden Mädchen, »jemals zu Papier bringen könnte.« Sie schüttelte betrübt den Kopf. »Es ist wirklich lieb von euch, dass ihr fragt, aber ich würde euch sicher nur aufhalten.«

Chila und Ahau wechselten betroffene Blicke. Offenbar hatten die beiden fest damit gerechnet, Muriel für ihre Sache gewinnen zu können. Eine Weile herrschte betretenes Schweigen, dann fragte Chila: »Aber du verrätst uns doch nicht – oder?«

»Natürlich nicht.« Muriel straffte sich und schenkte den beiden ein Lächeln. »Ich fühle mich geehrt, dass ihr mich in euer Geheimnis einweiht. Und auch wenn ich nicht mitmachen kann, könnt ihr euch darauf verlassen, dass ich niemandem davon erzählen werde.«

»Dann ist es gut.« Chila wirkte erleichtert.

Auch Ahau atmete auf. »Wenn jemand davon erfährt, was wir hier tun, wird man uns sehr streng bestrafen.«

»Dann solltet ihr aufpassen, dass Zamná nichts davon mitbekommt«, sagte Muriel ernst. »Mit ihr ist nicht zu spaßen.«

»Wir …« Chila öffnete den Mund, um etwas zu antworten, verstummte aber, noch ehe ihr ein weiteres Wort über die Lippen kam. »Hört«, flüsterte sie nach einer kurzen Pause und hob mahnend den Zeigefinger. »Die Trompeten rufen alle zum Abendgebet.«

»Schon?« Ahau wirkte gehetzt. »Hunabku* sei uns gnädig, hoffentlich schaffen wir es noch rechtzeitig zurück.«

»Beeilt euch, schnell.« Chila deutete zum Eingang. Während Muriel und Ahau hinausschlüpften, löschte sie die Fackel in einer mit Sand gefüllten Tonschale und eilte den beiden hinterher. Muriel blieb nicht die Zeit, noch einmal nach Ascalon Ausschau zu halten. Zwar spürte sie seine Nähe erneut, kaum dass sie das Gebäude verlassen hatte, aber die beiden Maya rannten so schnell durch das Unterholz, dass sie Mühe hatte, ihnen zu folgen.

Als die drei fünfzehn Minuten später das Haus der Priesterinnen erreichten, waren sie völlig außer Atem. Muriel hatte furchtbares Seitenstechen, versuchte aber, es sich nicht anmerken zu lassen.

Sie kamen gerade noch rechtzeitig. Zwar hatten sich die anderen schon alle in dem kleinen Tempel versammelt, aber die Oberste Priesterin war noch nicht hinzugekommen. Der Raum war erfüllt von dem Geruch verbrannten Harzes, das in zwei großen Becken neben dem Opferschrein vor sich hin glomm. Der Schrein selbst war leer. Die Opfergaben der vergangenen Tage waren fortgeräumt worden, ein Umstand, der Muriel erstaunte. Einerseits war sie erleichtert, weil sie nun nicht mehr auf das schimmelnde Obst und verdorrte Gemüse blicken musste, das den Boden um den Altar bedeckt hatte, andererseits aber auch alarmiert: Wenn die Feldfrüchte für die Anbetung nicht mehr benötigt wurden, konnte das nur eines bedeuten …

Schritte lenkten ihre Aufmerksamkeit auf den Eingang des Tempels, noch ehe sie den Gedanken zu Ende führen konnte. Gleich darauf tauchte in der türlosen Öffnung die Gestalt der Obersten Priesterin auf, die die Zeremonie an jedem Abend leitete. Aber diesmal war sie nicht allein. Ihr folgten zwei Männer in traditionellen Gewändern.

Opferpriester. Muriel wurde abwechselnd heiß und kalt. Am liebsten wäre sie aufgestanden und davongerannt. Aber sie wusste, dass sie damit alles zerstören würde, was sie sich in den vergangenen Tagen so mühsam aufgebaut hatte. So blieb sie still sitzen, verkrampft und zitternd, und betete darum, dass es nicht so schlimm werden würde.

Die Hoffnung wurde jedoch schon im nächsten Augenblick zunichtegemacht. Als die Männer an ihr vorbeigingen, sah Muriel ihre Hände. Sie waren rostrot von geronnenem Blut: ein Zeichen dafür, dass sie an diesem Abend schon reichlich zu tun gehabt hatten.

Muriel wurde abwechselnd heiß und kalt. Ihre Handflächen waren feucht und hinter ihrer Stirn tobte ein Chaos aus Gefühlen. Sie wollte nicht mit ansehen, wie hier Tiere getötet wurden, wollte nicht dabei sein, wenn man das Blut der unschuldigen Wesen den Göttern opferte. Aber sie konnte auch nicht einfach weggehen, ohne Aufsehen zu erregen.

Hinter den Priestern ging ein Diener, der einen Sack in den Händen trug. Das Gewebe bewegte sich, als besäße es ein Eigenleben, und hin und wieder drang ein leises Fiepen daraus hervor.

Meerschweinchen! Muriel hatte das Gefühl, als krampfe sich ihr Herz zusammen. Sie hatte sich also nicht getäuscht. Mehr denn je wünschte sie sich, irgendwo anders zu sein. Überall, nur nicht hier, wo das Blut unschuldiger Tiere vergossen werden sollte, um das Leben eines Mannes zu retten, der selbst dann in wenigen Tagen sterben würden, wenn man den Göttern alle Meerschweinchen Tikals auf den Altären opferte.

»Mucen, du musst aufstehen.« Chilas Stoß mit dem Ellenbogen erinnerte Muriel daran, dass die Zeremonie begann. Wie immer wurde die Anrufung der Götter durch rituellen Tanz und Gesang eingeleitet, der von dem klirrenden Geräusch einer Rassel begleitet wurde, die die Oberste Priesterin in den Händen hielt.

Als der letzte Ton verklang, gaben die Opferpriester noch etwas Copalharz in die Feuerschalen. Zischend verdampfte es unter der Hitze, während der Diener eine weitere Feuerschale mit glühenden Kohlen vor dem Opferschrein aufstellte.

Es folgte ein kurzes Gebet der Opferpriester, in dem sie die Götter baten, das Blut der Opfertiere anzunehmen und dafür das Leben des Priesterfürsten zu verschonen. Dann griff der Diener in den Sack und holte das erste Meerschweinchen heraus, während einer der Priester vor den Altar trat und sein Opfermesser zückte. Muriel sah die schwarze Obsidianklinge* im Fackelschein unheilvoll aufblitzen, hörte das ängstliche Quieken des kleinen Nagers und schloss die Augen. Gleich darauf ertönte ein Geräusch, das an reißenden Stoff erinnerte. Das Quieken erstarb und nur wenige Augenblicke später hörte Muriel ein abscheuliches Zischen, als der Priester das Blut des Meerschweinchens ins Feuer goss. Ein ehrfürchtiges Raunen durchlief die Reihen der Mädchen, während sich der metallische Geruch von Blut und der Gestank nach Verbranntem mit dem des Copalharzes mischte.

Muriel wurde übel, aber es war noch nicht vorbei. Zehn Meerschweinchen mussten an diesem Abend ihr Leben für das sinnlose Unterfangen hingeben, den Priesterfürsten vor dem Tode zu bewahren.

Als die blutige Zeremonie endlich ein Ende fand, war Muriel am Ende ihrer Kräfte. Ihr war übel und ihre Knie waren so weich, dass sie nur schwankend gehen konnte. Allein machte sie sich auf den Weg zum Schlafsaal. Sie sprach mit niemandem und antwortete auch nicht auf Chilas Fragen, die überhaupt nicht verstehen konnte, warum Muriel an diesem Abend auf eine Mahlzeit verzichtete.

Der Tempel des Priesterfürsten

Im Schlafsaal angekommen, legte sich Muriel sofort auf ihre Schilfmatte. Ihr Magen rebellierte noch immer und der abscheuliche Gestank aus dem Tempel schien sich in ihren Kleidern und Haaren festgesetzt zu haben. Sie wünschte, sie könne duschen und ihre Kleider wechseln, um den ekelhaften Geruch loszuwerden, wusste aber, dass es ein Wunsch bleiben würde. Wasser war kostbar in Tikal und bis zum nächsten Wasch- und Badetag war es noch lange hin.

Der leichte Windzug, der von draußen hereinkam, trug ihr den Geruch von Vanilleschoten zu. Muriel schloss die Augen, atmete tief durch und tatsächlich spürte sie nach einer Weile, wie die Anspannung langsam nachließ.

Schlafen konnte sie nicht.

Sie versuchte an Ascalon zu denken, wie sie es oft vor dem Einschlafen tat, um gegen das Gefühl anzukämpfen, hier ganz allein zu sein, aber diesmal wollte es ihr nicht gelingen. Immer wieder schweiften ihre Gedanken ab und wanderten zu den blutigen Ritualen, die die Menschen von Tikal pflegten. Niemanden hier schien der Tod der Opfertiere irgendwie zu berühren. Für die Maya schien es keinen Unterschied zwischen Maiskolben und Meerschweinchen zu geben. Die Opfer wurden wie selbstverständlich hingenommen und dienten ausschließlich dazu, die Götter freundlich zu stimmen. Dabei schienen die Maya fest davon überzeugt zu sein, dass nur genug Blut fließen müsse, um Dinge zu verändern oder, wie diesmal, den Tod des Priesterfürsten aufzuhalten.

Der Gedanke erinnerte Muriel daran, dass sie schon viel zu viel Zeit vergeudet hatte. Was hatte sie denn bisher herausfinden können, außer, dass es unmöglich war, unbemerkt in den Tempel zu gelangen? – Nichts!

Mutlosigkeit und die Angst zu versagen drohten Muriel zu überwältigen, als sie sich das ganze Ausmaß ihres Mangels an Spürsinn vor Augen führte. Sie wusste weder, wo sie den Priesterkönig finden würde, noch hatte sie auch nur den Ansatz eines Plans, wie sie das Schriftstück auswechseln konnte, das ihm mit ins Grab gegeben werden sollte. Obwohl sie nun schon fast zwei Wochen bei den Maya lebte, war sie noch keinen Schritt weitergekommen.

Der Gedanke machte Muriel schmerzlich bewusst, dass sie etwas riskieren musste, wenn sie erfolgreich sein wollte. Zu sehr war sie in den vergangenen Tagen darauf bedacht gewesen, kein Aufsehen zu erregen, zu halbherzig hatte sie ihre Nachforschungen betrieben, immer in der Hoffnung, dass sich vielleicht am kommenden Tag eine günstige Gelegenheit bieten würde. Aber die Gelegenheit war nicht gekommen und sie würde auch nicht kommen, wenn sie nicht endlich etwas unternahm. Wie sagte Teresa doch immer: »Mut lässt sich nicht zaghaft probieren.« Und damit hatte sie recht. Nur wenn sie mutig war und etwas riskierte, würde sie Wege finden, die Aufgabe zu erfüllen.

Muriel spürte, wie die Entschlossenheit in ihr weiter anschwoll. Sie würde die Sache zu einem guten Ende bringen – irgendwie.

Und während sie noch darüber nachdachte, wie sie das anstellen konnte, schlief sie ein.

Nach dem morgendlichen Opferritual, das Muriel mit geschlossenen Augen und zusammengepressten Lippen in einer der hinteren Reihen über sich ergehen ließ, rief Ixchel die Mädchen noch einmal zusammen, um ihnen ein Pok-ta-Pok-Spiel anzukündigen, das für den Nachmittag des kommenden Tages angesetzt war. Die Mädchen jubelten und freuten sich, denn für die Dauer der Feierlichkeiten, die mit dem Spiel einhergingen, entband die Oberste Priesterin sie von jeglichen Pflichten.

Muriel war erstaunt. Sie hatte schon einiges über das

Spiel gehört, hätte aber nicht gedacht, dass es bei den Maya einen so hohen Status einnahm.

»Haben wir denn Gefangene gemacht?«, erkundigte sich eines der Mädchen.

»Nein, es spielen ausschließlich Freiwillige«, erklärte die Oberste Priesterin.

Als die Mädchen das hörten, lief ein ehrfürchtiges Raunen durch die Reihen. Offenbar war es nicht alltäglich, dass nur Freiwillige dieses Spiel spielten.

Als Chila, Ahau und Muriel wenig später aus dem Haus traten, war der Hügel, auf dem sich die Tempelstadt Tikals erhob, noch in einen zähen Morgennebel gehüllt. Die Spitzen der Stufenpyramiden wurden von dichten Schwaden verdeckt und der Schein der Opferfeuer, die dort nun Tag und Nacht brannten, waren nur hin und wieder durch den Nebel zu sehen.

Nach dem Gestank, der die Opferzeremonie im Haus der Priesterinnen auch diesmal begleitet hatte, hatte Muriel sich auf die frische Luft draußen gefreut, aber von den Wohlgerüchen des Dschungels war an diesem Morgen nichts zu spüren. In der windstillen Luft mischte sich der Rauch der Feuer mit dem Nebel, der den Geruch von Copalharz und verbranntem Fleisch gefangen hielt.

»Was für ein schöner Morgen.« Chila grinste und schulterte ihren Sack. »Dann wollen wir uns mal an die Arbeit machen.«

Wie schon tags zuvor machten sich die Mädchen auf

den Weg zu den Feldern. Die Jagd gestaltete sich jedoch längst nicht mehr so einfach. Die Meerschweinchen, die Tikal zu Tausenden bevölkert hatten, waren wie vom Erdboden verschluckt, und die wenigen, die sie sahen, schienen zu ahnen, dass ihnen Gefahr drohte. Wieselflink huschten sie davon, wenn sie nur die Erschütterung von Schritten am Boden spürten, und versteckten sich in ihren sicheren Höhlen.

»Wo sind die denn alle hin?«, wunderte sich Muriel, nachdem sie eine Stunde lang erfolglos gesucht hatten.

»Na, wohin wohl?« Chila deutete auf die Pyramiden, deren abgeflachte Spitzen langsam aus dem Nebel auftauchten. »Meinst du, wir sind die Einzigen, die Meerschweinchen für die Opferpriester fangen sollen?«

»Du meinst, sie sind alle schon geopfert worden?«, fragte Muriel fassungslos. »Aber es waren doch so viele.«

»Es waren gestern ja auch viele auf der Jagd. So wie heute auch.« Chila nickte und fügte vielsagend hinzu: »Die Opferfeuer auf den Pyramiden brannten die ganze Nacht hindurch.«

»Du meinst, sie sind alle … tot?« Muriel verstummte betroffen. Was war das nur für eine grausame Religion, die die Menschen hier pflegten?

»Na ja, es sind bestimmt nicht alle Meerschweinchen gefangen worden«, warf Ahau hastig ein, die sich wohl daran erinnerte, wie schwer sich Muriel am Vortag mit der Jagd getan hatte. »Vielleicht hat es sich bei denen nur herumgesprochen, dass wir Jagd auf sie machen, und sie sind vorsichtig geworden.«

»Wie auch immer, so kommen wir nicht weiter.« Chila seufzte und schaute sich um. »Es nützt niemandem, wenn wir hier zu dritt zusammenhocken und nichts finden. Es ist besser, wenn wir uns verteilen und auf eigene Faust suchen. Wenn die Sonne am höchsten steht, treffen wir uns am Ballspielplatz und geben die Beute gemeinsam ab.«

»Das ist ein guter Plan.« Ahau nickte und schaute Muriel an. »Was meinst du?«

»Ja, das finde ich auch.« Muriel hatte Mühe, ihre Aufregung vor den anderen zu verbergen. Einen ganzen Morgen Zeit, um unbeobachtet in der Tempelstadt herumzustreifen, war genau das, was sie jetzt brauchte.

Die Mädchen verabschiedeten sich und gingen in unterschiedliche Richtungen davon. Muriel wählte einen Weg, der sie in einem großen Bogen zum Zentrum Tikals zurückführen würde. Dabei ging sie zunächst langsam und tat, als würde sie nach Meerschweinchen Ausschau halten. Als sie sicher war, dass Chila und Ahau sie nicht mehr sehen konnten, beschleunigte sie ihre Schritte.

Ihr Weg führte an der Hütte vorbei, in die Ah Hunahpu am Tag ihrer Ankunft den Truthahn gebracht hatte. Muriel erkannte die Frau sofort wieder, die vor der Hütte nahe dem Feuer am Boden saß und Mais auf einem Mahlstein zu Mehl zerrieb. Der hagere Hund lag nicht mehr vor der Hütte, aber Muriel gestattete es sich nicht, weiter darüber nachzudenken. Verstohlen rollte sie den Sack zusammen und hielt ihn so, dass die Frau ihn nicht sofort sehen würde, wenn sie aufblickte. Aber die war ganz in ihre Arbeit vertieft und bemerkte sie nicht.

Wenig später erreichte Muriel den Fuß des Hügels und erklomm die Steigung, die zu den Tempeln und Pyramiden hinaufführte. Sie gab sich große Mühe, so zu tun, als ob sie auf der Suche nach Meerschweinchen wäre, während sie auf ihr eigentliches Ziel zusteuerte: den Tempel des Priesterfürsten.

Die Sonne war längst aufgegangen. Die Luft hatte sich erwärmt und den Nebel in den Wald getrieben, wo er sich im Schatten zwischen den Bäumen versteckte.

Auf den Wegen und Plätzen zwischen den Gebäuden herrschte reges Treiben. Immer wieder begegnete Muriel Kriegern oder Priesterschülern, die wie sie einen Sack trugen und auszogen, um Opfertiere zu fangen, während die Priester an den unteren Stufen der großen Pyramiden bereits die erste Jagdbeute des Morgens im Empfang nahmen. Dabei beschränkten sich viele offensichtlich schon gar nicht mehr auf die Jagd nach Meerschweinchen oder Hunden, sondern trugen auch flatternde Truthähne zu den Tempeln.

Rings um den Ballspielplatz waren Frauen damit beschäftigt, die steinernen Stufen zu säubern und mit Blumen zu schmücken. Die Vorbereitungen für das Pok-ta-Pok-Spiel am nächsten Tag hatten begonnen.

Schließlich erreichte sie den großen Platz Tikals. Rechts und links von ihr ragten zwei gewaltige Stufenpyramiden in den Himmel, deren Treppen jeweils so zum Platz hin wiesen, als würden sie sich ansehen. Von den Gipfeln stieg schwarzer Rauch auf, ein Zeichen dafür, dass die Opferpriester ihr blutiges Werk unvermindert weiterführten. Zum Glück war mit der steigenden Sonne auch ein leichter Wind aufgekommen, der den Übelkeit erregenden Gestank der Opferungen und den allgegenwärtigen Geruch des Copalharzes davonwehte.

Muriel ging nun etwas langsamer.

Unmittelbar vor ihr, auf der anderen Seite des Platzes, lag ein ausgedehnter Gebäudekomplex, vor dem mehrere Krieger in kunstvoll gearbeiteten Federkleidern Wache standen – der Tempel des Ah Coyopa.

Zu beiden Seiten des Eingangs erhoben sich zwei übergroße in Stein gehauene und bunt bemalte Statuen, die, wie Chila ihr erzählt hatte, den großen Priesterfürsten Ah Coyopa selbst darstellen sollten. Die Figuren hockten im Schneidersitz und blickten unter einem großen Federkopfputz streng auf jene herab, die den Platz überquerten.

Zu Füßen der Statuen türmten sich Blumen, Früchte und Maiskolben. Opfergaben, die das einfache Volk dort abgelegt hatte, um dem sterbenskranken Priester die Ehre zu erweisen. Der Anblick brachte Muriel auf eine Idee. Sie verließ den Platz, huschte um eine der Stufenpyramiden herum und pflückte an einer Stelle, wo die Wachen sie nicht sehen konnten, einen kleinen Strauß wilder Blumen, die hier überall wuchsen. Dann versteckte sie den Sack unter einem Busch und ging mit den Blumen in der Hand wieder auf den Tempel zu.

Die schwarz-weißen Augen der Statuen schienen jeden ihrer Schritte zu verfolgen, als sie sich dem Tempel näherte, aber die Wachen bedachten sie nur mit einem kurzen Blick, als sie an ihnen vorbeiging. Offenbar waren sie es bereits gewohnt, dass die Einwohner Tikals zu den Statuen pilgerten, um für das Wohl ihres Fürsten zu beten und ihm kleine Gaben darzubringen.

Muriel ließ sich Zeit, die Blumen abzulegen. Von dem Platz aus konnte sie wunderbar ins Innere des Tempels blicken. Sie überlegte kurz, ob sie niederknien und ein Gebet vortäuschen sollte, aber sie wusste nicht, ob die Maya das so taten, und wollte keinen Fehler machen.

Ich hätte warten sollen, bis jemand hierherkommt, dachte sie und ärgerte sich, dass sie mal wieder überstürzt gehandelt hatte.

Aber sie hatte Glück. Eine alte Frau mit wirrem Haar und zerfurchtem Gesicht trat neben sie und legte den Statuen zwei Maiskolben zu Füßen. Dann kniete sie sich hin und senkte schweigend das Haupt, als spräche sie im Stillen ein kurzes Gebet.

Muriel tat es ihr gleich. Nun konnte sie ganz in Ruhe einen Blick ins Innere des Tempels werfen. Anders als das Gebäude der Priesterinnenschule war das Heim Ah Coyopas hell und geräumig. Die mit Kalkputz bedeckten Mauern waren sorgfältig poliert worden und glänzten silbrig im Licht der Morgensonne.

Die alte Frau neben ihr erhob sich und schlurfte davon.

Auch Muriel erhob sich. Weniger als fünf Schritte trennten sie von dem Eingang zum Palast, der einladend vor ihr lag. Drinnen hatte sie niemanden sehen können und die Wachen kehrten ihr den Rücken zu. Es schien so leicht, einfach hineinzuschlüpfen und hinter den Mauern nach der Kammer zu suchen, in der das Tongefäß mit dem geheimen Kodex aufbewahrt wurde.

Aber es ist verboten, meldete sich die mahnende Stimme der Vernunft in ihr zu Wort. Niemand durfte den Tempel einfach so betreten.

Und wenn sie mich da drinnen erwischen?, dachte Muriel zögerlich. Was soll ich dann sagen? Vielleicht sperren sie mich dann ein und ich kann nie wieder zurück oder … Muriel schluckte. Oder sie töten mich.

Wieder einmal wurde ihr schmerzlich bewusst, dass sie nicht den Ansatz eines Plans hatte, und mehr denn je spürte sie, dass sie die Aufgabe vor lauter Angst wohl nicht würde erfüllen können. Sie wollte sich gerade umdrehen und fortgehen, als sie die Geräusche vieler Schritte hörte, die sich näherten.

Auf dem Platz erkannte sie eine Gruppe von etwa zwanzig Personen, die wie in einer Prozession auf den Tempel zuhielten. Allen voran ging ein Priester, gut zu erkennen an seinem prächtigen Kopfputz aus Quetzalfedern. Dahinter gingen mehrere Adelige in nicht weniger prachtvollen Gewändern, gefolgt von acht jungen und athletischen Männern, die alle nur mit einem Tuch um die Hüften bekleidet waren. Die langen schwarzen Haare hatten sie zu einem Pferdeschwanz gebunden, der mit bunten Bändern umwickelt und mit Federn geschmückt war. Um die Unterarme hatten sie einen ledernen Armschutz geschlungen.

Die Wachen neigten respektvoll das Haupt, als die Gruppe sich näherte, und traten zur Seite, um sie durchzulassen. Muriel beobachtete das Schauspiel sehr aufmerksam. Das Verhalten der Wachen zeigte, dass es sich hier um sehr hochrangige Personen handelte, und sie fragte sich, wer die jungen Männer wohl sein mochten.

Die Frage beantwortete sich schon im nächsten Augenblick, als die letzten beiden Männer an Muriel vorbeigingen.

»Mucen!« Ah Hunahpu war mindestens ebenso überrascht, Muriel hier zu sehen, wie sie erstaunt war, ihn inmitten der feierlichen Prozession zu finden.

»Ah Hunahpu.« Muriel flüsterte fast, aber der junge Maya hörte sie trotzdem.

»Wünsch mir Glück!«, sagte er im Vorbeigehen und winkte ihr zu. »Morgen ist mein erstes großes Spiel.« Dann war er an ihr vorbei und verschwand im Tempel.

»Sind sie nicht edelmütig?«

Muriel fuhr herum. Sie hatte gar nicht bemerkt, dass jemand neben sie getreten war. Die junge Frau war einen halben Kopf kleiner und nur wenig älter als sie selbst, trug aber schon ein Baby in einem bunt gewebten Tragetuch auf dem Rücken.

»Ist dein Bruder auch dabei?«, fragte sie so unbefangen, als würde sie Muriels Verwirrung nicht bemerken.

»Mein ... mein Bruder? Ähm, ja.« Das war natürlich gelogen, aber die Frau musste gehört haben, was Ah Hunahpu zu ihr gesagt hatte, und es war wenigstens eine halbwegs vernünftige Erklärung.

»Er hat großes Glück«, sagte die Frau wieder. »Es gab so viele Freiwillige, aber sie haben für des Spiel morgen nur die Besten ausgewählt.«

Das Pok-ta-Pok-Spiel! Schlagartig wurde Muriel klar, warum Ah Hunahpu in den Palast gerufen worden war. Er würde morgen auf dem Ballspielplatz dabei sein.

Sie bemerkte, dass die junge Frau sie immer noch anschaute. Offenbar wartete sie auf eine Antwort. Muriel lächelte zerstreut und sagte hastig: »Ich hoffe nur, er verliert nicht.«

»Das hoffe ich auch!« Die Frau nickte eifrig. »Was gibt es Ehrenvolleres, als sein Leben für das des Priesterfürsten zu geben. Es ist gut, dass sie diesmal die Regeln geändert haben. So wird sicher sehr spannend werden, bis der Gewinner feststeht. Noch am selben Abend wird das Blut der Sieger den Göttern dargebracht werden.« Sie warf einen

Blick zum Eingang des Tempels und lächelte. »Die Spieler können sich wirklich glücklich schätzen. Sie werden heute Nacht auf nichts verzichten müssen. Als Ehrengäste Ah Coyopas wird man ihnen im Tempel jeden Wunsch von den Augen ablesen, damit denen, die morgen ihr Blut den Göttern darbieten, das Leben in guter Erinnerung bleibt.« Sie nickte Muriel freundlich zu und drehte sich um. »Vielleicht sehen wir uns ja morgen beim Spiel«, sagte sie und ging davon.

Muriel blieb noch eine Weile stehen. Erschüttert und bedrückt versuchte sie zu begreifen, was sie gerade erfahren hatte. Eiskalt überlief es sie beim Gedanken daran, was Ixchel am Morgen gesagt hatte: »Es spielen ausschließlich Freiwillige.« Es wollte ihr einfach nicht in den Kopf, wie Ah Hunahpu und die anderen sich für diesen Irrsinn hatten freiwillig melden können. Wie konnte es für jemanden das Größte sein, getötet zu werden? Bedeutete ihnen ihr Leben denn gar nichts?

Mehr denn je spürte sie, wie fremd ihr die Kultur der Maya doch war. Niemals hätte sie es für möglich gehalten, dass es Menschen gab, die ihrem Fürsten mit solch absoluter Hingabe dienten, dass sie mit Freuden ihr eigenes Leben gaben, um ihn zu retten – auch wenn es am Ende ein sinnloses Opfer sein würde.

Pok ta Pok

Als Muriel am frühen Abend zur Schule der Priesterinnen zurückkehrte, war ihr Sack immer noch leer. Den ganzen Tag über hatte sie den Eingang zum Tempel des Priesterfürsten aus sicherer Entfernung beobachtet und Erkundigungen eingeholt, indem sie mit den Leuten auf dem Platz gesprochen hatte. Allzu viel hatte sie aber nicht erfahren können. Für alle schien es nur ein Thema zu geben. Das Pok-ta-Pok-Spiel am kommenden Tag. Das Aufeinandertreffen der besten Spieler Tikals wollte sich offenbar niemand entgehen lassen.

So viel war klar: Wenn es einen Tag gab, an dem sie unbemerkt in den Tempel gelangen konnte, dann morgen während des großen Spiels. Es musste ihr nur gelingen, sich heimlich davonzustehlen.

»Du kommst spät.« Wie aus dem Nichts tauchte mitten im Eingang die Gestalt der Obersten Priesterin vor ihr auf.

»Chila und Ahau sind schon lange zurück.« Ihre Stimme wurde einen Ton schärfer. »Wo warst du?«

»Ich … ich habe Meerschweinchen gesucht und mich dabei verlaufen.« Muriel war so überrascht, Ixchel zu sehen, dass sie nicht wusste, was sie sagen sollte. So bastelte sie sich schnell die erstbeste Entschuldigung zurecht, die ihr einfiel.

»Meerschweinchen, so, so.« Die Miene der Priesterin wirkte wie versteinert. Ihre Stimme klang immer noch streng. »Und wo sind sie?«

»Ich habe sie am Haupttempel abgegeben«, flunkerte Muriel. »So wie gestern auch.«

»Und wie kommt es dann«, die Herrin der Schule riss ihr den Sack mit einem Ruck aus der Hand, öffnete ihn und roch daran, »dass der Sack nicht nach Meerschweinchen riecht und weder Kot noch andere Exkremente aufweist?«, fragte sie mit strengem Blick.

»Nun ja …« Muriel wand sich innerlich und schaute zu Boden. Sie fühlte sich ertappt und ahnte, dass ihr auch die beste Ausrede nicht würde helfen können. »Es … es waren nicht so viele. Vielleicht fünf oder sechs. Sie … sie haben sich heute gut versteckt und ich …«

»Schweig!«, herrschte die Oberste Priesterin sie an. »Ich habe genug von deinen Lügen. Glaubst du, ich wüsste nicht, was du den ganzen Tag getan hast? Glaubst du wirklich, es bliebe unbemerkt, wenn du dich vor dem Palast Ah Coyopas herumtreibst?« Sie gab einen erbosten Laut von sich und packte Muriel unsanft am Oberarm. »Wage es nicht, mir zu widersprechen«, sagte sie drohend, während sie Muriel unsanft neben sich her ins Haus der Priesterinnen zerrte. »Du bist gesehen worden. Mehrfach.«

»Wer …?«

»Das tut nichts zur Sache«, fiel Ixchel ihr ins Wort. »Du hast deine Pflichten sträflich vernachlässigt. Das dulde ich nicht. Zur Strafe wirst du morgen nicht zum Pok-ta-Pok-Spiel gehen, sondern den Tag damit verbringen, Maiskörner auf dem *metlatl* zu mahlen.«

… nicht zum Pok-ta-Pok-Spiel gehen.

Muriel durchzuckte ein eisiger Schrecken. Schlimmer hätte es nicht kommen können. Gerade noch hatte sie so große Hoffnungen auf den morgigen Tag gesetzt und nun wurde alles mit einem Schlag zunichtegemacht. Muriel spürte, wie ihr die Tränen kamen. Das war so gemein, so ungerecht.

Die Oberste Priesterin blieb ruckartig stehen, ließ sie los und blickte sie eindringlich an. »Ich erwarte dich morgen beim ersten Trompetenstoß am Herdfeuer«, sagte sie in einem Ton, der keine Widerrede duldete. »Lass es dir eine Lehre sein. Sollte so etwas noch einmal vorkommen, werde ich keine Nachsicht mehr walten lassen.« Mit diesen Worten drehte sie sich um und ging davon.

Muriel nickte stumm. Sie hatte verstanden. Vorsichtig betastete sie ihren Arm. Die Stelle, an der die Finger der Herrin ihn umklammert hatten, brannte wie Feuer. Die

Haut war gerötet und pochte heftig. Muriel biss die Zähne zusammen und strich mit der Hand darüber, aber der Schmerz saß tief und ließ sich nicht so leicht vertreiben.

»Mucen?« Chilas leise Stimme lenkte sie von den Schmerzen ab. Ihre Freundin hatte sich in einer Nische der Eingangshalle versteckt und alles mitbekommen. Nun kam sie näher und legte Muriel tröstend den Arm um die Schultern. »Oh, Mucen, das tut mir so leid«, sagte sie in aufrichtigem Mitgefühl. »Ahau und ich haben versucht, dich zu schützen, aber Zamná und ihr Gefolge haben dich heimlich den ganzen Tag beobachtet. Wir konnten nichts dagegen tun.«

»Zamná und ihre Freundinnen?« Nun wurde Muriel einiges klar. »Was haben die am Tempel des Ah Coyopa gemacht? Ich denke, sie sollten auch auf die Jagd gehen?«

»Das waren sie auch.« Chila nickte. »Sie haben dich entdeckt, als sie die gefüllten Säcke zum Haupttempel bringen wollten. Danach ist wohl immer eine von ihnen bei dir geblieben und hat dich heimlich beobachtet.« Sie holte tief Luft, schüttelte den Kopf und fragte: »Sag mal, was hast du eigentlich den ganzen Tag dort gemacht?«

»Ich habe Meerschweinchen gesucht.« Muriel war nicht bereit, Chila etwas zu erzählen.

»Das glaube ich nicht.« Chila schnitt eine Grimasse. »Sie haben gesagt, dass du den Sack nicht bei dir hattest.«

»Musste ich auch nicht, ich habe schließlich keine gefunden.« Das klang unfreundlicher als beabsichtigt.

»Wenn keine da waren, hättest du woanders suchen müssen«, erklärte Chila bestimmt und fügte kühl hinzu: »Das hast du jetzt davon, dass du so faul warst. Jetzt können wir uns morgen nicht zusammen das Spiel ansehen.«

Die Gespräche im Speisesaal verstummten augenblicklich, als Muriel und Chila hereinkamen. Die Blicke der Mädchen folgten ihnen, als sie den Raum durchquerten und zu ihren Plätzen gingen. Manche grinsten, andere schienen nur neugierig zu sein. Als Muriel an Zamná vorbeiging, drehte diese sich um. »Auch wenn es in Naranjo üblich sein mag, den Tag mit Nichtstun zu vertrödeln, wir hier in Tikal erfüllen unsere Pflichten.« Ihre Stimme schnitt wie ein Schwert durch das Schweigen und wurde sogar noch schärfer, als sie hinzufügte: »Es sei denn, man verfolgt andere Pläne und hat kein Interesse daran, dass der ehrwürdige Priesterfürst wieder gesund wird.«

Einige der Mädchen kicherten, aber Muriel tat, als hätte sie es nicht gehört. Schweigend setzte sie sich neben Chila auf den Boden, nahm sich einen der gefüllten Teigfladen, die dort bereitstanden, und begann zu essen.

»Ich rede mit dir!«, fuhr Zamná sie an.

»Aber ich nicht mit dir!« Obwohl Muriel innerlich vor Wut kochte, gelang es ihr, äußerlich gelassen zu bleiben. »Du hast erreicht, was du wolltest, also lass mich in Ruhe.«

»Erreicht?« Zamná lachte auf. »Oh, nein. Da täuschst

du dich. Ich habe mein Ziel erst dann erreicht, wenn du hier verschwindest. Ich weiß, dass du ein Geheimnis hast. Du planst etwas, das spüre ich, und ich weiß auch, was es ist …«

»Lass sie in Ruhe, Zamná.« Es war erstaunlich, wie viel Kraft die zierliche Ahau in ihre Stimme legen konnte, wenn sie zornig war. »Wir wissen alle, was du denkst. Aber du irrst dich. Mucen ist keine Späherin. Sie ist, was wir alle sind – eine angehende Priesterin. Nicht mehr und nicht weniger. Und wenn du sie heute auch bei einem Fehltritt erwischt hast, so beweist das noch lange nicht, dass deine Anschuldigungen stimmen.«

»Du wagst es, für sie zu sprechen?« Zamnás Stimme wurde gefährlich ruhig, als sie sich Ahau zuwandte, die unmittelbar neben ihr saß. »Das ist wirklich sehr mutig von dir – und sehr dumm. Bevor du dich um andere sorgst, solltest du lieber an deine eigene Familie denken – oder etwa nicht?«

Ahau schaute beschämt zu Boden und sagte nichts mehr.

Zamná lächelte zufrieden und wandte sich wieder an Muriel: »Ich werde schon noch hinter dein Geheimnis kommen«, drohte sie und grinste selbstgefällig. »Vergiss nicht, ich habe meine Augen und Ohren überall.«

Retter in der Not

In monotonem Rhythmus führte Muriel die zylindrische Steinrolle über den kleinen Steintisch und lauschte auf das knirschende Geräusch der trockenen Maiskörner, die unter dem Druck zerbarsten.

Wie die Oberste Priesterin es ihr befohlen hatte, hatte sie sich zur ersten Wache des Morgens am Herdfeuer eingefunden, wo sieben Frauen bereits damit beschäftigt waren, die Morgenmahlzeit für die angehenden Priesterinnen zuzubereiten.

Sie beachteten Muriel kaum. In einer Ecke des Raums standen der Mahlstein und der Sack mit den Maiskörnern schon bereit und nachdem eine der Frauen Muriel dorthin geführt hatte, ließ man sie in Ruhe. Offenbar war die Arbeit am *metlatl* eine beliebte Strafe und die Frauen hatten sich an die Anwesenheit von jungen Priesterinnen gewöhnt. Wie an jedem Morgen gingen sie ihrem Tagwerk nach, während sie sich erwartungsvoll über das bevorstehende Pok-ta-Pok-Spiel unterhielten.

Muriel lauschte den Gesprächen nur am Rande. Nach nur einer Stunde taten ihr die Arme so weh, dass sie glaubte, nicht mehr weiterarbeiten zu können. Obwohl sie sich Zeit ließ und mit wenig Eifer bei der Sache war, waren ihre Handflächen vom vielen Drücken und Rollen schon ganz rot. An einigen Stellen zeigten sich erste Blasen. Dabei hatte sie noch nicht einmal einen Bruchteil des Mais verarbeitet, den man ihr hingestellt hatte.

Muriel seufzte, bedachte den Mahlstein mit einem finsteren Blick und legte eine Pause ein.

Die Frauen hatten inzwischen die Morgenmahlzeit in den Speisesaal gebracht und säuberten die Küche. Dabei schienen sie es sehr eilig zu haben, denn wie alle anderen auch wollten sie das Spiel und die Feierlichkeiten natürlich nicht verpassen. Nach und nach verabschiedeten sie sich und huschten davon, bis nur noch Kisin, die alte zahnlose Köchin, in der Küche war.

»Gehst du nicht zum Spiel?«, erkundigte sich Muriel im Plauderton.

»Nein, nein. Das ist nichts mehr für mich.« Kisins altersbrüchige Stimme schnarrte wie eine rostige Fahrradklingel. Sie nahm einen Stock und schürte das Feuer. Funken stoben und stiegen knisternd in die Höhe. Dann legte sie neues Holz auf die Glut und sagte: »Außerdem soll ich auf dich achtgeben, damit du nicht herumtrödelst.«

Draußen in den Gängen waren die Stimmen der angehenden Priesterinnen zu hören, die sich lachend und schwatzend auf den Weg zum Ballspielplatz machten. Muriel horchte auf. Bald würde das Haus der Priesterinnen verlassen sein. Nur Kisin und sie selbst würden dann noch hinter den Kalkputzwänden ausharren …

… und während sie darüber nachdachte, reifte in ihr langsam ein Plan heran. Wenn es ihr gelang, unter einem Vorwand aus der Küche zu verschwinden, konnte sie leicht aus dem Haus der Priesterinnen entkommen. Niemand war da, der sie aufhalten würde. Auch die Straßen von Tikal würden heute menschenleer sein. Eine gute Gelegenheit, um die Stadt unbemerkt zu verlassen und …

»Wärst wohl gern dabei, wie?«, hörte sie Kisin in ihre Gedanken hinein sagen. Die Alte verzog den Mund zu einem zahnlosen Lächeln und nickte bedächtig. »Ja, ja. Ungehorsam muss bestraft werden. Je mehr es wehtut, desto erfolgreicher ist die Strafe. Das ist gut und richtig. Eine Priesterin darf niemals ungehorsam sein. Sie …« Es folgte ein langer Monolog über die Tugenden von Priesterinnen, den Muriel ohne zuzuhören an sich vorbeiziehen ließ. Ihre ganze Aufmerksamkeit galt den Geräuschen, die von draußen hereindrangen und die langsam leiser wurden, als sich die Gruppe auf den Weg zum Ballspielplatz machte.

Das war der Augenblick, auf den sie gewartet hatte.

Wenn sie überhaupt noch eine Chance haben wollte, ihre Aufgabe zu erfüllen, dann an diesem Vormittag.

»Verzeih, Kisin, aber ich muss mal ins Bad.« Sie erhob sich mit steifen Gliedern und ging auf die Tür zu. »Ich komme gleich wieder.«

»Das möchte ich dir auch geraten haben.« Offenbar hegte Kisin keinen Argwohn. »Die Oberste Priesterin kennt kein Erbarmen, wenn die angeordnete Strafe nicht verrichtet wird.«

»Keine Sorge, ich komme wieder.« Muriel war selbst erstaunt, wie locker ihr die Lüge über die Lippen kam. Sie hatte nicht vor, noch einmal ins Haus der Priesterinnen zu kommen. Nie mehr. Wenn es ihr an diesem Morgen nicht gelang, das Schriftstück auszutauschen, würde sie zurückkehren und der Göttin ihr Versagen eingestehen.

Als sie die Küche verließ, fand sie die Flure wie erwartet verlassen vor. Das Badehaus war ein separates Gebäude im Garten hinter dem Priesterinnenhaus. Es lag ein wenig abseits und bot einen hervorragenden Ausgangspunkt für eine Flucht. Zunächst jedoch tat Muriel ganz so, als wolle sie wirklich nur das Bad aufsuchen. Ohne Hast durchquerte sie den Garten mit den exotischen Blumen und Sträuchern, klaren Teichen und schwirrenden Kolibris, die sich an den Blüten labten, würdigte die Schönheit aber keines Blickes. Immer wieder schaute sie sich verstohlen um und vergewisserte sich, dass ihr niemand folgte, ehe sie schließlich das Badehaus betrat.

Drinnen angekommen, lehnte sie sich mit dem Rücken an die Wand und atmete tief durch. Das Haus schien leer, aber Zamnás Drohung: »Ich habe meine Augen und Ohren überall«, klang ihr noch in den Ohren und sie war entschlossen, nicht noch einmal den Fehler zu machen, sich unbeobachtet zu fühlen.

So gönnte sie sich eine kurze Verschnaufpause und verließ das Badehaus erst, nachdem sie sich durch die Fensterschlitze vergewissert hatte, dass sie immer noch allein im Garten war.

Ihr Weg führte in einem weiten Bogen um das Haus herum und mündete schließlich auf einen Platz mit mehr als hundert Stelen*, deren wahre Bedeutung Muriel noch immer nicht kannte.

Wie sie gehofft hatte, war der Platz menschenleer.

Muriel zögerte nicht länger und rannte los. Sie hatte einen Plan, wie sie in den Palast kommen würde, aber dazu musste sie ihn erreichen, ehe die Ballspieler ihn verlassen hatten. Zuvor jedoch musste sie noch etwas besorgen. Etwas, das im Dschungel jenseits des Tempelbezirks versteckt lag und ohne das sie die Aufgabe nicht würde erfüllen können – Ahaus Faltbuch erschien ihr wie geschaffen dafür, es gegen den geheimen Kodex auszutauschen.

Ganz Tikal, so schien es, lag verlassen da, als Muriel durch die Gassen und über die Plätze hastete. Fast hatte es den Anschein, als sei sie das letzte Lebewesen in der Stadt, wären da nicht der Lärm vom Ballspielplatz und der

Rauch der Opferfeuer gewesen, der noch immer von den Spitzen der Pyramiden aufstieg.

Muriel rannte weiter.

Als sie das Ende der gerodeten Fläche erreichte, hatte sie heftiges Seitenstechen und bekam kaum noch Luft. Langstreckenlauf war noch nie ihr Ding gewesen und jetzt, da jede Minute zählte, nützte es auch nichts, mit den Kräften zu haushalten.

So gönnte sie sich nur einen winzigen Augenblick, um Atem zu schöpfen, ehe sie einen der verschlungenen Pfade betrat, die von Tikal aus in den Dschungel hineinführten. Sie war den Weg nur ein einziges Mal gegangen, vor ein paar Tagen, als Chila und Ahau sie zu ihrem geheimen Versteck geführt hatten, aber sie glaubte sich noch so gut daran zu erinnern, dass sie das Gebäude auch ohne die beiden wiederfinden würde.

Zehn Minuten später war sie sich da nicht mehr so sicher.

»Mist!« Muriel blieb stehen und schaute sich um. Wohin sie auch blickte, überall bot sich ihr das gleiche Bild. Urwüchsige Bäume mit knorrigen Stämmen, wildromantisch von rankenden Pflanzen umschlungen und dichtes Gebüsch, durch das es ohne Machete* kaum ein Durchkommen gab. Muriel gestattete es sich nicht, daran zu denken, welche Spinnen, Schlangen oder sonstigen Bewohner sich in dem dichten Grün verstecken mochten. Sie hatte jetzt ein viel größeres Problem.

Sie hatte sich verlaufen.

Auch das noch! Muriel spürte Panik in sich aufsteigen. In der Hoffnung, wenigstens die Richtung zu finden, aus der sie gekommen war, drehte sie sich ein paar Mal um die eigene Achse – vergeblich. Im Dickicht des Dschungels war es ihr unmöglich, den Rückweg zu finden.

Muriel seufzte, hockte sich hin und schlug die Hände vors Gesicht. Irgendwie ging alles schief. Dabei hatte sie noch nicht einmal richtig angefangen, ihren Plan in die Tat umzusetzen.

Und wenn ich hier nie wieder rausfinde? Der Gedanke durchzuckte sie wie ein Blitz und vertrieb für einen Moment sogar die Verzweiflung über das drohende Scheitern ihrer Mission. Im Geiste sah sie sich schon ausgehungert und dürstend durch den Urwald schleichen. Dem Tod näher als dem Leben. Eine leichte Beute für jeden Jaguar …

Muriel erschauderte, als sie daran dachte, welche Gefahren des Nachts im Dschungel lauerten. Und sie hatte nicht mal ein Messer bei sich, um sich zu verteidigen. Unschlüssig, was sie tun sollte, knetete sie die Hände … und berührte dabei wie zufällig den Ring, den die Schicksalsgöttin ihr gegeben hatte.

Der Ring!

Muriel fiel ein Stein vom Herzen. Warum hatte sie nicht eher daran gedacht? Mit dem Ring konnte Ascalon sie finden, und auch wenn die Aufgabe unerfüllt blieb, so war sie doch nicht rettungslos verloren.

Der Gedanke gab ihr neuen Mut. Sie schloss die Augen, sandte in Gedanken einen Hilferuf an Ascalon und wartete. Endlose Augenblicke lang geschah nichts, doch gerade als sie glaubte, Ascalon habe sie nicht gehört, strich ein tröstliches Gefühl durch ihr Bewusstsein. Es war nur schwach, ganz so, als sei Ascalon sehr weit weg, aber es war da. Ich bin da, schien es zu sagen. Hab keine Furcht.

Ascalon! Muriel hätte den Namen am liebsten laut hinausgeschrien, so glücklich war sie. Ascalon hatte sie gehört und würde ihr zu Hilfe kommen. Mit einem Schlag war aller Kummer vergessen. Im Vertrauen auf den prächtigen Wallach setzte Muriel sich hin und wartete.

… und wartete

… und wartete.

Eine halbe Stunde verstrich, die ihr wie eine Ewigkeit vorkam, aber nichts geschah. Von Ascalon war weit und breit nichts zu sehen. Nicht das kleinste Geräusch verriet, dass er sich näherte. Allein die Berührung in Muriels Bewusstsein verriet ihr, dass die Verbindung zu ihm nach wie vor Bestand hatte.

»Ascalon!« Entgegen aller Vorsicht rief sie den Namen so laut sie konnte – und erhielt Antwort. Vor irgendwoher ertönte ein Wiehern. Es war sehr leise, aber ein Irrtum war ausgeschlossen. Ascalon musste ganz in der Nähe sein. Er konnte sie sogar hören. Muriel stand auf und schaute sich um.

Und plötzlich wusste sie, warum Ascalon nicht zu ihr

kam. Das Gebüsch war viel zu dicht. Ein großes Pferd wie er konnte da niemals hindurchkommen.

»Wie blöd von mir!« Muriel schüttelte lachend den Kopf. Insgeheim schalt sie sich selbst für ihre Dummheit. Das hier war schließlich kein normaler Wald, sondern der Dschungel Mittelamerikas. Sie hatte keine Wahl, wenn Ascalon nicht zu ihr kommen konnte, musste sie ihn suchen.

»Ascalon?«, rief sie noch einmal und diesmal achtete sie ganz genau darauf, aus welcher Richtung die Antwort kam.

Ascalon antwortete mit einem schrillen Wiehern. Die Richtung war nur vage zu bestimmen, aber Muriel marschierte trotzdem los. Nach fünfzig Schritten blieb sie stehen und rief noch einmal nach Ascalon. Als die Antwort kam, korrigierte sie die Richtung und lief noch einmal fünfzig Schritte, um ihn erneut zu rufen. So ging es immer weiter.

Und dann sah sie ihn. Er stand auf einer kleinen Lichtung inmitten von Farnen und anderen Blattgewächsen. Das Sonnenlicht zeichnete helle Tupfen auf sein nussbraunes Fell. Das Lichtspiel war hübsch, konnte jedoch nicht darüber hinwegtäuschen, dass die zwei Wochen im Dschungel auch bei ihm Spuren hinterlassen hatten. Sein Fell war stumpf und wies einige Kratzer auf, die Mähne war verfilzt und mit Kletten gespickt und irgendwie wirkte er auch magerer, als sie ihn in Erinnerung hatte.

Muriel sog hörbar die Luft durch die Zähne, als sie sah,

in welch schlechtem Zustand er sich befand. Es wurde wirklich höchste Zeit, dass sie sich aus dieser Welt zurückzogen.

»Ascalon!« Sie lief auf ihn zu, breitete die Arme aus und schmiegte sich überglücklich an ihn. »Danke«, sagte sie und strich ihm sanft über das weiche Fell. »Du hast mich gerettet. Ohne dich hätte ich da niemals rausgefunden.«

Ascalon schnaubte leise und stupste sie verspielt mit den Nüstern an. Auch er schien glücklich, sie wohlbehalten wiederzusehen.

Muriel löste sich von Ascalon und blickte zum Himmel empor. Der Vormittag war schon zur Hälfte verronnen. Kostbare Zeit war verloren. Ascalon hatte sie gefunden, aber immer noch hatte Muriel keine Ahnung, wo sie den Gebäudekomplex suchen musste, in dem Chila und Ahau ihre Aufzeichnungen versteckten.

»Tja, das wird wohl nichts mehr«, sagte sie resignierend zu Ascalon. »Ich habe es total vermasselt, hab zu lange gezögert, war zu ängstlich, zu planlos, und jetzt, wo mir die Zeit davonrennt, verlaufe ich mich auch noch im Dschungel.« Sie schüttelte den Kopf und seufzte betrübt. »Ich bin wirklich eine lausige Schicksalswächterin.« Mutlos blickte sie sich um und entdeckte nicht weit entfernt einen Baumstamm, der schon von Moos, Farnen und Ranken überwuchert war, aber noch stabil genug wirkte, um ihr beim Aufsitzen dienlich zu sein. »Komm, lass uns zurückreiten, den Kodex werde ich sowieso nicht mehr austauschen können.« Sie langte nach Ascalons Mähne, um ihn zu dem Stamm zu führen, aber der Wallach tänzelte davon und der Griff ging ins Leere.

»Hey, was ist denn los?« Muriel folgte Ascalon und versuchte erneut ihn bei den Mähnenhaaren zu fassen. Aber wie schon beim ersten Mal entzog sich der Wallach auch diesmal geschickt ihrem Griff und lief ein Stück weit fort, ehe er anhielt und wartete.

»Lass den Blödsinn, Ascalon«, schimpfte Muriel, während sie hinter ihm herstapfte. »Wir haben jetzt echt keine Zeit für solche Spielchen.«

Ascalon schnaubte und bewegte nickend den Kopf auf und ab, schien aber nicht bereit, das Spiel aufzugeben. Kaum, dass Muriel sich ihm bis auf zwei Schritte genähert hatte, stieß er ein leises Wiehern aus und lief erneut davon.

»Ascalon!« Allmählich wurde Muriel wütend. »Bleib sofort stehen.« Aber Ascalon dachte gar nicht daran. Weiter und weiter lockte er Muriel durch das Unterholz, bis diese schließlich genervt aufgab. »Also schön, du hast gewonnen«, stieß sie keuchend hervor, setzte sich auf eine halb verfallene Steinmauer und barg das Gesicht in den Händen, um Atem zu schöpfen.

Ganz in der Nähe hörte sie Ascalon leise wiehern.

»Lass mich in Ruhe«, sagte sie gerade so laut, dass Ascalon es hören musste. »Ich habe keine Lust mehr auf das dumme Spiel.«

Für eine kurze Weile blieb es ruhig, dann hörte Muriel Ascalons weiche Schritte, die sich langsam näherten. Gleich darauf spürte sie seine samtenen Nüstern auf ihrem Haar und seinen Atem auf der Haut, als er sie sanft mit der Nase anstupste.

»Lass das.« Muriel war gerührt, dass er sich auf diese Weise um sie bemühte, aber sie war auch ärgerlich. Ohne aufzublicken, hob sie die Hand und schob Ascalons Nase fort. Doch der ließ sich nicht beirren und stupste sie beharrlich weiter mit den Nüstern an.

»Lass das.« Ascalons Atem kitzelte im Nacken. Muriel konnte sich ein Kichern nicht verkneifen. »Erst ärgerst du mich und jetzt kommst du mir so.« Das sollte wütend klingen, aber der Ton war schon sehr viel freundlicher als noch zuvor. Ascalons sanfte Gesten verfehlten ihre Wirkung nicht und schließlich konnte Muriel ihm nicht mehr richtig böse sein.

»Also gut, du Schlingel. Du hast gewonnen«, sagte sie lachend und stand auf. Dabei löste sich ein Stein aus der Mauer, schrammte an ihrer Haut entlang und plumpste nur einen Fingerbreit neben ihren bloßen Füßen zu Boden.

»O Mann, das ist wirklich nicht mein Tag heute.« Muriel verzog das Gesicht und rieb mit der Hand über die Schramme, um den Schmerz zu lindern. Dabei fiel ihr Blick auch auf die Mauer, auf der sie gesessen hatte.

Eine Mauer mitten im Dschungel? Muriel stutzte, hob

den Kopf und schaute sich um. Zunächst sah sie nur das Unterholz auf der Lichtung, aber dann entdeckte sie in einiger Entfernung etwas, das ihr bekannt vorkam: einen verfallenen Gebäudekomplex, der von Ranken und Pflanzen schon fast überwuchert war.

Muriel schnappte überrascht nach Luft. Ascalon hatte sie gar nicht ärgern wollen. Im Gegenteil, er versuchte ihr zu helfen. Er hatte sie dorthin geführt, wo Chila und Ahau ihre Schriften versteckten. Schlagartig waren Ärger und Mutlosigkeit vergessen. Auch die Schramme schmerzte nicht mehr.

Ein Blick zum Himmel zeigte ihr, dass es noch nicht zu spät war, und sie spürte neuen Tatendrang in sich aufsteigen.

»Danke, Ascalon«, sagte sie und umarmte den Wallach noch einmal herzlich. »Tut mit leid, dass ich so begriffsstutzig war. Du bist wirklich das allerklügste Pferd auf der Welt.« Sie wandte sich um und wollte auf das Versteck zulaufen, um das Faltbuch zu holen, das Ahau ihr gezeigt hatte, blieb dann aber noch einmal stehen und rief Ascalon zu: »Warte hier auf mich. Wenn ich fertig bin oder etwas schiefgeht, komme ich hierher zurück.«

Eine Fügung des Schicksals

Den Eingang zu Chilas und Ahaus heimlicher Schreibwerkstatt fand Muriel erstaunlich schnell. Doch als sie vor der finsteren Öffnung stand, zögerte sie. Bei ihrem ersten Besuch hatte Chila eine Fackel entzündet, die die Dunkelheit aus dem Raum vertrieben hatte. Aber Muriel besaß keine Fackel und selbst wenn, hätte sie nicht gewusst, wie sie diese hätte entzünden können.

Unschlüssig, was sie tun sollte, starrte sie in das Dunkel hinter der Türöffnung. Was, wenn sich dort drinnen ein Ozelot oder gar ein Jaguar versteckte? Ihr war nicht entgangen, wie sehr die Maya die nächtlichen Jäger des Dschungels fürchteten. Und auch wenn sie bisher noch keinem begegnet war, so war es immerhin gut möglich, dass ein solches Tier hier Zuflucht gesucht hatte.

Muriel las einen Stein vom Boden auf und warf ihn in den Raum hinein. Klackend fiel er im Dunkeln zu Boden.

Muriel hielt den Atem an und lauschte.

Nichts.

Sie schaute sich um und warf noch einen zweiten Stein. Der Aufschlag war lauter als zuvor, aber in dem Raum rührte sich immer noch nichts. Muriel atmete auf und versuchte sich in Erinnerung zu rufen, wie es drinnen aussah. Der Tisch mit den Schilfmatten stand nicht weit von der Tür entfernt mitten im Raum. Im spärlichen Licht, das durch die Tür fiel, glaubte sie die Umrisse undeutlich zu erkennen. Die Truhe mit dem Faltbuch musste links davon stehen, dicht an der Wand mit – Muriel erschauerte – den Spinnenweben.

Spinnen! Schon der Gedanke an die haarigen Biester, die sie auch in Tikal bisweilen gesehen hatte, genügte, um sie in Panik zu versetzen. Dagegen wirkten die großen schwarzen Kellerspinnen auf dem Birkenhof geradezu lächerlich. Hätte sie eine Wahl gehabt, sie wäre da niemals hineingegangen – aber sie hatte keine Wahl.

Der ferne Klang von Trompeten hallte durch den Dschungel und erinnerte sie daran, dass sie sich beeilen musste. Das Fest auf dem Ballspielplatz ging allmählich seinem Höhepunkt entgegen. Nicht mehr lange, dann würden die Spieler den Tempel des Priesterfürsten verlassen und in einer feierlichen Prozession zum Platz geführt werden.

Zaghaft machte sie ein paar Schritte, betrat den Raum und blieb erneut stehen. Im ersten Moment sah sie gar nichts. Die Dunkelheit schien vollkommen. Nach einer Weile jedoch gewöhnten sich ihre Augen an die schlechten Lichtverhältnisse und die Konturen der Einrichtungsgegenstände begannen sich langsam aus den Schatten hervorzuschälen. Tisch und Truhe standen so, wie sie es in Erinnerung hatte. Sie musste nur noch hingehen, das Faltbüchlein an sich nehmen und damit zum Tempel laufen.

Mit einer gewaltigen Willensanstrengung gelang es Muriel, die Gedanken an Spinnen, Schlangen und anderes Getier zu verdrängen, das sich hier verstecken mochte. Sie atmete noch einmal tief durch, dann hastete sie zur Truhe. Etwas huschte krabbelnd davon, als sie den Truhendeckel berührte, etwas großes Schwarzes, das daraufgesessen hatte. Muriel unterdrückte einen Aufschrei und zog erschrocken die Hand zurück.

Beim zweiten Anlauf öffnete sie den Deckel mit einem Ruck und langte in die Truhe. Da sie nichts sehen konnte, musste sie sich auf ihren Tastsinn verlassen. Ihre Finger berührten Weiches und Hartes. Ihr Herz hämmerte wie verrückt. Schweißperlen standen ihr auf der Stirn. Sie zitterte, aber ihre Finger forschten weiter, tastend und suchend. Einmal drohte sie der Mut zu verlassen, als sie eine Berührung wie von dünnen Beinen auf dem Handrücken spürte. Aber sie biss die Zähne zusammen, setzte die Suche fort – und wurde belohnt.

Nach einer Zeit, die ihr wie eine Ewigkeit vorkam, fand

sie endlich, wonach sie suchte: das kleine Heftchen aus Rindenpapier. Ahaus ganzer Stolz.

Nun gab es kein Halten mehr. Muriel knallte den Truhendeckel zu und stürmte mit dem Faltbüchlein in der Hand ins Freie. Als der Eingang zehn Schritte hinter ihr lag, hielt sie an und lehnte sich mit dem Rücken an eine Wand. Ihr Herz hämmerte wie wild. Sie zitterte, hatte weiche Knie und fühlte sich außerstande, auch nur einen Schritt weiterzugehen.

Um sich abzulenken, betrachtete sie das kleine Dokument.

Ahau hatte zehn Blätter aus Rindenpapier mit farbenprächtigen Schriftzeichen bemalt. Die einzelnen Seiten waren von beiden Seiten mit einer dünnen Schicht überzogen, die sich wie Kalk anfühlte. Sie hingen mit dünnen, biegsamen Häutchen aneinander und waren so gefaltet, dass man sie wie eine Ziehharmonika auseinanderziehen konnte.

Ehrfürchtig betrachtete Muriel die kunstvolle Bilderschrift. Sie war wunderschön. Wie viel Zeit und Ausdauer mochte Ahau wohl dafür verwendet haben? Und das alles heimlich mit der ständigen Furcht, entdeckt zu werden.

Für einen Augenblick überkam Muriel ein schlechtes Gewissen, weil sie Ahau dieses Kunstwerk stahl, aber dann erinnerte sie sich an etwas, das Chila zu ihr gesagt hatte: »*Stell dir mal vor, dass unsere Aufzeichnungen dann viel-*

leicht noch in tausend tun *gelesen werden, ist das nicht ein wunderbarer Gedanke?«*

Muriel lächelte. Wenn das der Wunsch ihrer Freundinnen war, konnte sie ihnen behilflich sein. Ahau würde es zwar niemals erfahren, aber wenn ihr Plan gelang, würden Forscher in tausend Jahren ihre Schriftzeichen entschlüsseln und die Botschaft lesen, die sie so mühsam zu Papier gebracht hatte.

Der Gedanke half Muriel über das schlechte Gewissen hinweg. Sie wollte sich gerade auf den Weg zum Tempel machen, als ihr einfiel, dass sie gerade im Begriff war, etwas zu tun, das vielleicht die Zukunft verändern würde.

Wie wichtig war das Faltbuch für Ahaus weiteren Lebensweg? Was würde geschehen – oder nicht geschehen – wenn sie es nun stahl? Muriel biss sich auf die Unterlippe und dachte nach. Nur wenn sie das Faltbuch an sich nahm, konnte sie den Kodex fortnehmen, ohne die Zukunft zu verändern. Aber würde sie diese nicht auch verändern, wenn sie das Faltbuch mitnahm?

Muriel überlegte hin und her – und entschied sich schließlich zu handeln. Was Ahau und Cila hier taten, war geheim. Der Diebstahl würde sicher keine großen Folgen haben. Vermutlich würde Ahau damit beginnen, ein neues Faltbuch zu schreiben, das noch schöner war als das alte. Und sie würde mit dem neuen dasselbe erreichen, das sie auch mit dem alten erreicht hätte. Der Gedanke gefiel Muriel und sie machte sich unverzüglich auf den Weg.

Die Klänge der Trommeln und Trompeten, die noch immer vom fernen Ballspielplatz herüberklangen, wiesen ihr den Weg zurück nach Tikal. Ehe sie sich versah, stand sie wieder auf der gerodeten Fläche nahe des Tempelbezirks, wo sie die Suche begonnen hatte.

Ein rascher Blick zur Sonne bestätigte ihr, was sie schon befürchtet hatte. Jeden Augenblick konnten die Spieler den Tempel verlassen. Sie musste sich beeilen.

»Also schön!« Muriel atmete tief durch, schob das Faltbuch kurz entschlossen unter ihr Gewand und rannte los.

Wie schon am Morgen waren die Wege und Plätze zwischen den Tempeln, Palästen und Pyramiden menschenleer. Selbst die Opferfeuer auf den Plattformen der Pyramiden waren erloschen. Vermutlich hatten die Priester die letzten Tiere geopfert und waren dann, wie alle andern, zum Festplatz gegangen, um die feierlichen Tänze und Zeremonien zu begleiten und das Ballspiel der Freiwilligen zu beobachten.

Muriel rannte weiter. Ihr Atem ging stoßweise, die Luft brannte in ihrer Kehle und die altbekannten Stiche in die Seite stellten sich auch wieder ein. Aber sie zwang sich weiterzulaufen, kämpfte um jeden Schritt, während die Furcht, die berühmte Minute zu spät zu kommen, sie vorantrieb.

Vor dem Palast des Priesterfürsten standen nur zwei Posten. Vermutlich wollte sich auch hier niemand das Fest entgehen lassen. Doch anders als am Tag zuvor standen die Posten nicht vor den Statuen Ah Coyopas, sondern unmittelbar vor dem Eingang des Palastes.

Muriel wappnete sich innerlich für das, was kommen würde, während sie, ohne langsamer zu werden, auf die beiden zurannte. Der Eindruck der Eile, die Erschöpfung und die geröteten Wangen kamen ihr gerade recht und passten wunderbar zu dem, was sie sagen wollte.

»Halt!« Die Wachen kreuzten die mit scharfen Obsidianspitzen besetzten Speere und verwehrten Muriel den Zugang zum Tempel. »Was willst du hier?«

»Ich ...« Muriel keuchte, beugte sich vor und stützte die Hände auf die Oberschenkel, um Atem zu schöpfen. »Ich muss zu Ah Hunahpu«, presste sie schließlich hervor.

»Ah Hunahpu?« Einer der Posten legte misstrauisch die Stirn in Falten. »Nie gehört. Wer ist das?«

»Er ... er ist einer von den Ballspielern. Sind sie noch da?«, hob Muriel hoffnungsvoll die Stimme etwas an.

»Sie bereiten sich vor. Niemand darf zu ihnen«, erwiderte der Posten barsch.

»Aber ich bin seine Schwester!«, stieß Muriel mit einem gespielten Anflug von Verzweiflung hervor. »Unsere Mutter ist schwer erkrankt. Sie hat ihn nicht mehr sehen können, bevor er ...« Sie verstummte und sah den Posten mit flehendem Augenaufschlag an. »Bitte. Ich muss noch einmal zu ihm, um ihm die letzten Worte unserer Mutter auszurichten.«

»Das kannst du machen, wenn sie herauskommen.«

»Nein, das kann ich nicht.« Muriel legte alle Überzeugungskraft, die sie besaß, in die Stimme. »Es ist etwas sehr Persönliches und nur für ihn allein bestimmt.«

Der Wachtposten antwortete nicht sofort. Flüsternd beriet er sich mit seinem Kameraden.

»Nein!«, sagte er schließlich in einem Ton, der keine Widerrede duldete. »Warte hier oder am Ballspielplatz.«

Muriel machte ein enttäuschtes Gesicht und wich ein paar Schritte zurück. In ihrer Nase kribbelte es. Sie kämpfte gegen die Tränen an. Sie war fest davon überzeugt gewesen, dass ihr Plan gelingen würde. Ein verzweifeltes Mädchen, das ihren todgeweihten Bruder noch einmal sehen wollte, so hatte sie gedacht, würden die Wachen gewiss nicht abweisen – und nun das!

Jetzt ist alles verloren. Der Gedanke kam ihr wie von selbst und vertrieb jäh die Zuversicht, die sie nach den kleinen Erfolgen im Dschungel verspürt hatte. Wie sollte sie den Tonkrug finden, in dem der Kodex versteckt war, wenn sie nicht mal in den Tempel hineingelassen wurde?

Muriel wischte eine Träne fort und kaute unschlüssig auf der Unterlippe. Natürlich hatte sie nicht wirklich vorgehabt, mit Ah Hunahpu zu sprechen. Sobald sie im Tempel unbeobachtet gewesen wäre, hätte sie sich verdrückt und nach den Tonkrügen gesucht, die dort irgendwo stehen mussten. Das war ihr Plan gewesen. Ihr einziger Plan. Einen Plan B, wie Teresa es immer nannte, wenn etwas nicht auf Anhieb klappte und sie sich etwas Neues ausdenken musste, hatte sie nicht.

Eine Weile stand sie noch vor den Wachen, dann drehte sie sich um und entfernte sich mit kurzen, langsamen Schritten vom Palast.

Was nun? Die Worte kreisten unaufhörlich in ihren Gedanken, doch wie sie es auch drehte und wendete, ihr fiel keine Lösung ein. Während sie noch überlegte, hörte sie Schritte sich nähern. Im ersten Moment glaubte sie, es wären die Ballspieler, die aus dem Palast kamen. Aber dann erkannte sie, dass die Schritte von jemandem stammten, der eilig über den Platz hastete.

Gleich darauf hörte sie eine Stimme leise vor sich hin schimpfen: »... alle einfach verschwunden ... nichtsnutziges Pack ... mich mit der ganzen Arbeit allein gelassen ... werden schon sehen, was sie ...«

Muriel blickte auf und sah einen ergrauten Maya mit hellem, aber fleckigem Gewand, der in einigen Metern Entfernung eilig an ihr vorbeiging und direkt auf die Palastwachen zuhielt. Haltung und Gesichtsausdruck zeugten von großem Unmut, dem er auch lautstark Luft machte, als er vor die Wachen trat.

»Wo sind die Dienstboten?«, herrschte er die Männer an.

Die Antwort konnte Muriel nicht verstehen, aber die Reaktion des Mannes machte klar, dass sie ihm nicht gefiel. »Weg?«, rief er aus. »Alle? Man hatte mir zugesagt, dass der Palast mir heute Helfer schicken würde. Bei Huracán, einer oder zwei hätten genügt, aber ich warte schon den ganzen Morgen und niemand lässt sich blicken.«

Die Wache sagte wieder etwas, aber der Mann war so aufgebracht, dass er einfach weitersprach. »Das Spiel, das Spiel«, rief er erbost aus. »Alle haben nur dieses Spiel im Kopf. Niemand schert sich darum, was getan werden muss. Ich habe meine Waren noch heute abzuliefern, das habe ich den Priestern zugesagt. Aber wenn sie mir keine Helfer schicken, kann ich meinen Verpflichtungen nicht nachkommen.« Doch wie er auch tobte und wetterte, die Wachen blieben ebenso stur, wie sie sich schon Muriel gegenüber verhalten hatten.

Der Mann hob die Hände theatralisch zum Himmel und wollte gerade erneut anfangen zu schimpfen, da entdeckte er Muriel, die stehen geblieben war, um die seltsame Szene zu beobachten. Von einer Sekunde auf die nächste wich alle Wut aus seinem Blick. »Der großen Acna sei Dank«, stieß er hervor, drehte sich um und kam mit schnellen Schritten auf Muriel zu. »Dich schickt die Muttergöttin. Ich fürchtete schon, ich sei der Einzige in ganz Tikal, der nicht zu dem Spiel gehen kann. Du wirst mir doch sicher helfen, nicht wahr?«

»Nun ich … ich …« Muriel war vollkommen überrascht und wusste nicht, was sie antworten sollte.

»Es ist nicht schwer, was ich von dir verlange, und ich will dich auch gern dafür entlohnen. Alles, was du tun musst, ist, ein paar Tonfiguren, etwas Geschirr und ein paar Krüge aus meiner Werkstatt am Fuße des Tempelbezirks in den Palast zu tragen. Diese nichtsnutzigen Bediensteten haben mich einfach im Stich gelassen. Wollen lieber das Ballspiel sehen, statt mir zur Hand zu gehen. Dabei sind die Beigaben für Ah Coyopa noch nicht einmal alle fertig gebrannt. Ich kann den Ofen nicht lange unbeaufsichtigt lassen und mir rennt die Zeit davon.«

... die Beigaben sind noch nicht fertig. Muriel horchte auf. Als sie den Mann näher betrachtete, fiel ihr auf, dass sein Gewand nicht fleckig, sondern von einer trockenen braunen Masse verschmutzt war. Sand – oder Ton.

Muriel spürte wie ihr Herz vor Aufregung heftig zu pochen begann. Der Maya musste ein Töpfer sein. Ein Künstler, der offenbar Geschenke fertigte, die dem Priesterfürsten nach seinem Ableben mit auf die letzte Reise gegeben werden sollten. Wie es aussah, bereitete man im Palast schon alles für den möglichen Tod Ah Coyopas vor, gaukelte dem Volk aber gleichzeitig vor, dass der Priesterfürst noch eine Überlebenschance hätte. Muriel erinnerte sich, dass in dem Zeitungsartikel etwas von kleinen Tonfiguren gestanden hatte, die mit im Grab gelegen hatten. Und auf den Bildern, die sie bei der Göttin gesehen hatte, war deutlich tönernes Geschirr zu sehen gewesen. Vielleicht hatte der Mann ja sogar den Tonkrug mit Jäger und Hirsch gefertigt, in dem der Kodex versteckt worden war ...

»Na, was ist, willst du mir nun helfen?«, hörte sie den Maya fragen. »Es ist keine schwere Arbeit. Du musst die Tonfiguren nur sehr vorsichtig tragen und hier im Palast abgeben.«

»Helfen will ich gern«, entgegnete Muriel, die eine Chance witterte, doch noch in den Palast zu kommen. »Aber die Wachen lassen mich nicht hinein. Ich wollte gerade …«

»Um die Wachen mach dir keine Sorgen, denen werde ich was erzählen«, fiel ihr der Maya ins Wort. Abrupt drehte er sich um, ging zurück und richtete das Wort erneut an die beiden Posten. Er sprach sehr leise, sodass Muriel nicht alles verstehen konnte, aber er deutete einmal auf sie und dann wieder auf den Tempel und sie konnte sich denken, dass er um ihre Dienstbotentätigkeit verhandelte.

Die Wachen schienen nicht begeistert zu sein, nickten dann aber und der Mann kam wieder zu Muriel. »Die große Acna meint es gut mit mir«, sagte er sichtlich zufrieden und gab Muriel ein Zeichen, ihm zu folgen. »Sie werden dich hineinlassen, wenn du mit der Ware kommst.«

Im Tempel

Schweigend folgte Muriel dem Töpfer den Hügel hinab zu seiner Werkstatt am Rand des Tempelbezirks. Dort lagen, fein säuberlich in Tücher gewickelt, verschiedene Tonfiguren und Dinge des täglichen Gebrauchs, die zum Tempel geschafft werden sollten. Ein Gefäß mit dem Abbild eines Jägers und eines Hirsches, wie Muriel es suchte, war nicht darunter, aber sie ließ sich ihre Enttäuschung nicht anmerken. Immerhin würde sie mit den Waren in den Palast gelangen. Das war mehr, als sie zu hoffen gewagt hatte.

Der Töpfer holte einen geflochtenen Korb, legte die Tonfiguren vorsichtig hinein und reichte ihn Muriel mit den Worten: »Gib gut darauf acht.«

Muriel nickte und machte sich auf den Rückweg zum Tempel.

Die Sonne stand inzwischen hoch am Himmel und die

Trompeten auf dem Ballspielplatz verkündeten mit schrillen Tönen den Beginn des Pok-ta-Pok-Spiels.

Die Laute ließen Muriel erschaudern. Sie dachte an Ah Hunahpu und spürte eine tiefe Traurigkeit in sich aufsteigen. Würde er am Ende das sinnlose Opfer bringen müssen? Würde er verlieren? Oder gewinnen und sein Blut für das Leben des Todgeweihten geben? Wie schon bei ihrem ersten Ritt in die Vergangenheit, als sie dem verstoßenen Mädchen hatte helfen wollen, spürte Muriel auch diesmal wieder die grenzenlose Qual, die ihr der Schwur einbrachte, nicht in die Geschehnisse der Vergangenheit einzugreifen. Es drängte sie, das sinnlose Töten zu verhindern, indem sie allen erzählte, dass Ah Coyopa trotz der selbstlosen Opfer sterben würde. Aber die Göttin hatte ihr aufgezeigt, welche Folgen ein solches Handeln haben konnte, und so riss sie sich zusammen und versuchte nicht auf die Stimme des Mitgefühls in sich zu achten, die sie drängte, Ah Hunahpus Leben zu retten.

Endlich tauchte der Tempel des Priesterfürsten am anderen Ende des Platzes auf und Muriel konzentrierte sich auf das, was vor ihr lag. Sie wusste, dass sie jetzt keinen Fehler mehr machen durfte. Nicht mehr lange und die Menschen würden vom Spiel zurück in die Stadt strömen, dann war auch die letzte Chance vertan, die Aufgabe zu erfüllen.

Der Korb war schwer, die Luft drückend und schwül. Muriel setzte den Korb ab und wischte sich mit dem Arm den Schweiß von der Stirn. Sie war durstig und wünschte, sie hätte etwas zu trinken, aber um einen Flaschenkürbis voll Wasser mitzunehmen, hatte ihr am Morgen die Zeit gefehlt. Als sie den Korb wieder aufnehmen wollte, glaubte sie hinter einer Häuserwand eine Bewegung zu sehen. Für den Bruchteil eines Augenblicks schien es, als würde eine Frau dort blitzschnell Deckung suchen. Aber der Moment war zu kurz und als Muriel blinzelte und wieder hinsah, konnte sie nichts Ungewöhnliches mehr entdecken.

Ich fantasiere schon, schoss es ihr durch den Kopf. Das kommt davon, wenn man so unter Druck steht.

Entschlossen nahm sie den Korb wieder zur Hand und ging auf die beiden Wachtposten zu. Sie war überzeugt, dass die Männer sie ohne zu zögern einlassen würden, aber das war ein Irrtum.

»Halt!« Wie schon bei ihrem ersten Versuch, in den Tempel zu gelangen, versperrten die beiden Krieger ihr den Weg.

»Ich bringe die Töpferwaren«, sagte Muriel. »So wie der Töpfer es angekündigt hat.«

»Das sehe ich.« Einer der Männer nickte ernst. »Aber du wirst den Palast nicht betreten.«

»Aber ich …«

»Jedenfalls nicht allein.« Der Wachtposten drehte sich um und rief: »Vukub?«

Eine Weile geschah nichts, dann erschien in der Tür ein

ergrauter Mann im schlichten Gewand der Bediensteten. »Was gibt es?«, fragte er mit schnarrender Stimme.

»Das Mädchen hier bringt Töpferwaren für Ah Coyopa«, erklärte der Wachtposten. »Zeig ihr, wo sie die Sachen hinstellen soll.«

Der Alte nickte und forderte Muriel durch eine Handbewegung auf, ihm zu folgen. Die Wachtposten gaben den Weg frei, und was Muriel nie für möglich gehalten hatte, geschah: Sie betrat den Palast des Priesterfürsten.

Staunend blickte sie sich um, während der Diener sie durch die ausgedehnten Gänge des Palastes führte. Da gab es prunkvoll eingerichtete Säle, große Hallen, in denen allerlei Dinge gelagert wurden, und kleine Gemächer, in denen offenbar die Bediensteten wohnten. Dazu Räume, die wohl für Audienzen benutzt wurden, und kleine Kammern, deren Sinn sich Muriel nicht erschloss. Alle Räume waren mit bunten Fresken und gewebten Wandteppichen geschmückt, auf denen Götter, aber auch Szenen des täglichen Lebens dargestellt wurden. Schnitzereien mit Blumen- oder Tiermustern zierten die wuchtigen Deckenbalken aus edlem Holz. In der Mitte des viereckigen Komplexes lag ein großer Garten mit Teichen, Springbrunnen und prächtigen Blumen, neben dem der Garten des Priesterinnenhauses einfach und farblos wirkte.

Vor einer Tür, die mit einem schillernden Vorhang aus bunten Federn verhängt war, blieb der Alte stehen. »Hier ist es«, sagte er, schob den Vorhang beiseite und trat ein.

Muriel folgte ihm. Irgendwie hatte sie hinter dem Vorhang eine Art Schatzkammer erwartet, angefüllt mit goldenem Geschmeide, Jade, Perlen und allerlei Kunstgegenständen. Aber was sie im dämmrigen Licht, das durch die schmalen Fensterschlitze hereinfiel, erblickte, wirkte eher wie ein schlichter Vorratsraum. Es gab viele Gefäße. Einige waren noch leer, andere mit Mais und Kakaobohnen gefüllt. Dazu gab es Waffen, Trommeln, Ackergeräte und einfachen Schmuck, der in Regalen aufbewahrt wurde. Alles in allem wirkte der Raum aber so, als würde man gerade erst damit beginnen, die Grabbeigaben für eine mögliche Bestattung des Priesterfürsten zu sammeln.

Ich bin zu früh! Nach all den Tagen und Nächten, in denen es Muriels einzige Sorge gewesen war, zu spät zu kommen, schlug die Erkenntnis bei ihr ein wie ein Donnerschlag.

Zu früh … zu früh …

Hektisch blickte sie sich um, konnte aber nirgends ein Tongefäß entdecken, das dem Gesuchten auch nur annähernd ähnelte.

»… kannst du hier hinlegen.« Wie aus weiter Ferne, drangen die Worte des Bediensteten zu ihr vor. Sie sah, dass er auf ein leeres Regal aus Stangen und Flechtmatten deutete, begriff aber nur langsam, was er damit meinte. Vukub schien es zu bemerken. »Hast du verstanden?«, vergewisserte er sich.

»Ja.« Muriel nickte, stellte den Korb vor dem Regal auf

den Boden und kniete sich daneben. Auch wenn das Tongefäß nicht hier war; sie musste zu Ende bringen, was sie begonnen hatte. Vorsichtig nahm sie die erste Tonfigur aus dem Korb und legte sie in das Regal.

Draußen auf dem Flur waren eilige Schritte zu hören. »Vukub?« Ein Anflug von Dringlichkeit schwang in der Stimme mit. Der Vorhang wurde zur Seite geschoben und ein anderer Bediensteter, kaum jünger als Vukub, schaute in den Raum. »Komm schnell«, forderte er Muriels Begleiter auf. »Die Priesterärzte brauchen unsere Hilfe.«

Vukub erbleichte. »Ist er …«, hob er an, aber der Hinzugekommene schüttelte nachdrücklich den Kopf und er verstummte sofort wieder.

»Findest du allein hinaus?«, erkundigte sich Vukub bei Muriel.

»Ich denke schon.«

»Gut, dann legst du die Figuren in das Regal und verschwindest wieder«, sagte Vukub streng. »Und nichts anfassen! Verstanden?«

»Ja!« Muriel nickte artig.

Vukub ließ den Blick prüfend durch den Raum schweifen, als müsse er sich jedes Detail noch einmal einprägen, dann nickte er dem Hinzugekommenen zu und die beiden verließen den Raum. Die Schritte entfernten sich. Dann war es still.

Augenblicklich war Muriel auf den Beinen und unterzog die Gegenstände in dem Raum einer gründlichen Prüfung. Wie ein Kommissar besah sie die verschiedenen Gefäße, die fein säuberlich vor einer Wand aufgestellt waren. Alle waren aufwendig bemalt, aber keines zeigte den Jäger mit Hirsch, nach dem sie suchen sollte.

Muriel wollte sich gerade ein paar Krügen zuwenden. Da ließ ein huschender Schatten am Boden sie wie elektrisiert zusammenzucken.

Eine Spinne! Und was für eine. Muriel unterdrückte einen Aufschrei und wich ein paar Schritte zurück. Das Vieh hockte unmittelbar vor dem Korb, versperrte ihr den Weg und machte keine Anstalten, sich von dort fortzubewegen.

Muriel schlug das Herz bis zum Hals. Hektisch schaute sie sich nach etwas um, womit sie die Spinne vertreiben oder besser noch töten konnte. Ihr Blick fiel auf die Ackergeräte, die in einer Ecke des Raums an der Wand lehnten. Ein Grabstock mit langem breiten Blatt, den auch die Bauern auf den Feldern benutzten, schien ihr genau die richtige Waffe im Kampf gegen die Spinne zu sein. Sie griff danach – und stutzte.

Hinter dem guten Dutzend Ackergeräte, die wie ein Wald aus Speeren an der Wand lehnten, waren die Umrisse eines Tongefäßes zu sehen. Es stand im hintersten Winkel, wo es nicht sofort zu sehen war, und musste als einer der ersten Gegenstände in den Raum gelangt sein.

Muriel wünschte, sie hätte eine Fackel. In der Ecke war es so finster, dass sie das Motiv auf dem Gefäß nicht erkennen konnte. Vorsichtig räumte sie die Ackergeräte zur Seite, beugte sich vor, um besser sehen zu können, und sog überrascht die Luft durch die Zähne.

Auf dem schlanken Bauch des Gefäßes prangte in schwarzen und roten Farbtönen eine Jagdszene, in der ein Maya-Krieger einen Hirsch erlegte.

Das Tongefäß mit dem Kodex! Muriel konnte ihr Glück kaum fassen. Was sie schon nicht mehr zu hoffen gewagt hatte, war eingetreten. Sie hatte gefunden, wonach sie suchte.

Augenblicklich waren alle Probleme und sogar die Spinne vergessen. Mit zitternden Händen holte Muriel Ahaus Faltbuch unter ihrem Gewand hervor und öffnete den Deckel des Tongefäßes. Für Bruchteile von Sekunden zögerte sie noch, hineinzugreifen, dann nahm sie all ihren Mut zusammen – und wurde belohnt. Mit angehaltenem Atem holte sie das kostbare Dokument aus dem Gefäß hervor und legte Ahaus Faltbuch im Gegenzug hinein. Nachdem sie den Deckel wieder sorgfältig verschlossen hatte, stellte sie die Ackergeräte wieder so davor, wie sie gestanden hatten und versteckte den Kodex unter ihrem Gewand.

Ich habe es geschafft! Muriel glaubte platzen zu müssen vor Stolz und Glück. Zufrieden betrachtete sie ihr Werk. Alles sah aus wie immer. Niemand würde den Diebstahl bemerken. Nun musste sie nur noch aus dem Palast hinauskommen und zu Ascalon laufen, dann war ihre Aufgabe erfüllt.

Sie wollte sich umdrehen und zur Tür laufen, da fiel ihr Blick auf die Spinne. Sie hockte noch immer so unerschütterlich neben dem Korb wie ein haariger, achtbeiniger Wächter, der entschlossen schien, sie hier festzuhalten.

Muriel überlegte fieberhaft. Sie hatte es eilig und wollte nicht eine Sekunde länger als nötig im Palast bleiben. Am schnellsten wäre es natürlich, mit einem großen Schritt über die Spinne hinwegzusteigen. Da Muriel aber barfuß war und nicht wusste, wie die Spinne auf eine solche Störung reagieren würde, zögerte sie.

Spinnen!

Schon der Gedanke, das haarige Monstrum könne zur Tür laufen und sie womöglich berühren, schnürte ihr die Kehle zu. Hektisch blickte sie sich um. Sie hatte sich alle Mühe gegeben, die Spuren des Diebstahls zu verwischen, trotzdem war nicht auszuschließen, dass Vukub eine Veränderung bemerkte, wenn er zurückkehrte.

Ich muss ihn ablenken, überlegte Muriel. Ich muss irgendetwas anstellen, das meinen überstürzten Aufbruch begründet. Ohne die Spinne aus den Augen zu lassen, suchte sie in den Regalen nach etwas, das ihr dienlich sein konnte, und wurde bald fündig. In unmittelbarer Reichweite lag in einem Regal eine Tonfigur, die eine Mayafrau beim Weben darstellte. Sie war klein und handlich, genau das, was Muriel suchte. Kurz entschlossen packte sie die Figur und schleuderte sie auf das hässliche Spinnentier.

Irgendetwas, ein Luftzug oder ein Schatten warnte die

Spinne. Nur Sekundenbruchteile bevor die Tonfigur mit lautem Krachen auf dem Boden zerbarst, verschwand sie blitzartig unter einem Regal und gab den Weg frei.

Muriel atmete auf. Dass sie die Spinne nicht getroffen hatte, störte sie nicht. Der Weg war frei, das allein zählte. Auch war die zerbrochene Tonfigur ein gutes Alibi für ihren überstürzten und vorzeitigen Aufbruch. Solange die Maya ihr Augenmerk auf die Scherben richteten, würde niemand auf die Idee kommen, dass Muriel sich an dem Tonkrug zu schaffen gemacht haben könnte.

Muriel huschte zum Federvorhang und lauschte in den Gang hinein. Draußen war alles ruhig.

Flink wie ein Wiesel schlüpfte sie aus dem Raum und rannte, so schnell sie konnte, durch die Gänge und Flure des Palastes zum Ausgang zurück. Jetzt kam ihr zugute, dass sie sich auf dem Hinweg alles so genau angesehen hatte. An jeder Biegung und Abzweigung entdeckte sie etwas, das ihr bekannt vorkam, und wählte so immer den richtigen Weg.

Der Palast war auch jetzt noch wie ausgestorben. Aber das war Muriel nur recht. Unbehelligt gelangte sie in die große, lichtdurchflutete Eingangshalle, vor der die beiden Krieger immer noch Wache standen.

Vor der letzten Biegung blieb Muriel stehen, lehnte sich mit dem Rücken an die Wand, schloss die Augen und rang um Atem. Es durfte nicht wie eine Flucht aussehen, wenn sie gleich an den beiden vorbeiging.

Muriel spähte um die Ecke und sah, dass die Wachen gerade mit einer Frau sprachen. Sie wirkte sehr aufgebracht, denn sie fuchtelte mit den Armen und sprach so laut, dass ihre Stimme bis ins Innere des Tempels zu hören war. Muriel konnte nicht verstehen, was sie sagte, aber die Gelegenheit erschien ihr günstig. Solange die Frau mit den Wachen redete, würde sie sich unbemerkt davonschleichen können. Sie atmete noch einmal tief durch, straffte sich und schritt ohne Hast auf den Ausgang zu.

Als sie ins Freie trat, geschahen mehrere Dinge gleichzeitig. Hinter ihr, im Tempelinneren wurden Stimmen laut und hektische Schritte hallten durch die Gänge. »Haltet sie auf!«, rief jemand und eine zweite Stimme tönte: »Sie darf nicht entkommen!«

Die Rufe ließen die Wachtposten augenblicklich herumfahren und gaben den Blick frei auf die Frau, mit der sie geredet hatten.

Zamná! Muriel sog erschrocken die Luft ein. Was um alles in der Welt machte Zamná hier?

Doch zum Nachdenken blieb ihr keine Zeit. Die angehende Priesterin hatte sie bereits entdeckt, deutete mit dem Finger auf sie und schrie: »Seht doch! Das ist sie! Da ist die Verräterin aus dem Reich der Schlange! Haltet sie auf! Sie darf nicht entkommen!«

Muriel war vor Schreck wie gelähmt. Alles hätte sie erwartet, aber nicht, dass Zamná ihr ausgerechnet an diesem Tag nachspionieren würde. Die schattenhafte Frauengestalt, die sie auf dem Weg zum Palast gesehen hatte, kam ihr wieder in den Sinn und sie ärgerte sich, dass sie nicht aufmerksamer gewesen war. Aber für Reue war es jetzt zu spät.

Die Wachen reagierten sofort und stürmten auf sie zu, während die zornigen Rufe aus den Gängen des Palastes immer lauter wurden.

Auf der Flucht

Muriel rannte los.

Sie überlegte nicht lange, was sie tat und wohin sie lief. Es war ihr sogar gleichgültig, dass sie sich damit erst recht verdächtig machte. Sie rannte, so schnell sie konnte, schaute weder nach links noch nach rechts und hatte dabei nur einen Gedanken: Sie dürfen mich nicht kriegen!

Ihre Füße fanden den Weg durch die Tempelstadt wie von selbst, während sie auch das Letzte aus ihrem Körper herausholte und auf den Teil des Dschungels zuhastete, in dessen Dickicht Ascalon auf sie wartete. Die Angst verlieh ihr ungeahnte Kräfte, aber ihr Körper war zu schwach, um die Belastung lange durchzuhalten.

Ihr Gesicht war vor Anstrengung gerötet und ihr Atem ging keuchend. Es dauerte nicht lange, bis die Seitenstiche erneut aufflammten, schlimmer als jemals zuvor. Muriel biss die Zähne zusammen und rannte weiter. Bei jedem

Schritt hatte sie das Gefühl, als stäche ihr ein Messer in die Seite, aber sie versuchte nicht darauf zu achten und kämpfte sich weiter voran. Schritt um Schritt. Meter um Meter, aber der Dschungel schien nicht wirklich näher zu kommen.

Zu weit!, schoss es ihr durch den Kopf. Es ist zu weit. Ich schaffe es nicht.

Durch das pulsierende Rauschen des Blutes in ihren Ohren hörte sie die Verfolger näher kommen, während die wütenden Rufe vor dem Tempel langsam hinter ihr zurückblieben. Ein kurzer Blick nach vorn zeigte ihr, dass sie schon die Hälfte des Wegs zurückgelegt hatte. Der Anblick hätte ihr Mut machen müssen. Aber ihre Kräfte schwanden immer schneller und sie ahnte, dass sie den schmalen Vorsprung zu den Verfolgern nicht mehr lange würde halten können. Furchtsam blickte sie sich um und sah, wie die Männer drohend ihre Speere hoben.

»Ascalon!« Muriels Stimme war nicht mehr als ein Krächzen. Todesangst schnürte ihr die Kehle zu, trotzdem versuchte sie es noch einmal: »Ascalon, hilf mir!«

Tränen verschleierten ihren Blick und machten aus dem Dschungel eine verschwommene Wand aus Grün- und Brauntönen. Ihre Beine schienen aus Blei zu sein. Jeder Schritt wurde zur Qual. Da stieß ihr Fuß gegen etwas Hartes. Vom eigenen Schwung getragen, taumelte sie noch ein paar Schritte weiter, dann verlor sie das Gleichgewicht und stürzte zu Boden.

Der Aufprall raubte ihr fast die Besinnung. Aber die Furcht vor den Verfolgern war stärker als die drohende Ohnmacht. Längst hatten die Instinkte die Kontrolle über ihren Körper übernommen und alle anderen Gedanken ausgeschaltet. Das Faltbuch, die Göttin, der Auftrag … all das war nicht mehr wichtig. Überleben war das Einzige, das zählte. Mit letzter Kraft versuchte sie sich aufzurappeln, aber die Beine versagten ihr den Dienst.

Dann waren die Mayakrieger bei ihr. Ein Schatten fiel auf ihr Gesicht, als sie sich vor ihr aufbauten, die Speere drohend erhoben.

Muriel keuchte. Auf allen vieren versuchte sie davonzukrabbeln, aber auch dieser Versuch scheiterte kläglich. Die Männer packten sie bei den Armen und zerrten sie unsanft in die Höhe.

»Mitkommen!«, befahl der eine barsch, während der andere ihr ein Feuersteinmesser in die Seite drückte. Muriel schluchzte auf. Sie wollte sich wehren, aber auch dazu fehlte ihr die Kraft. Am Rande der Ohnmacht stolperte sie zwischen den Kriegern dahin, die sie zum Tempel zurückbringen wollten.

Sie hatten noch keine zehn Meter zurückgelegt, als ein schrilles Wiehern aus dem Wald erklang. Die Männer hielten erschrocken inne und schauten sich um.

Das Wiehern wiederholte sich.

Ascalon? Muriel horchte auf. Ein vertrautes Gefühl streifte ihr Bewusstsein und gab ihr neuen Mut. Sekundenbruchteile später spürte sie auch schon die Erschütterungen im Boden, die einem galoppierenden Pferd vorauseilen.

Ascalon! Muriels Herz machte vor Freude einen Sprung. Sie hatte nicht wirklich daran geglaubt, dass der Wallach sein Versteck verlassen würde, um ihr zu helfen, schließlich durfte er nicht von den Maya gesehen werden.

Ascalon hingegen schien das nicht zu kümmern. Er kam! Und wie er kam! Einem zornigen Götterpferd gleich brach er aus dem Wald hervor und preschte mit wehender Mähne auf die beiden Krieger zu. Diese standen vor Schreck wie erstarrt. Der Anblick des fremden Wesens, das da auf sie zustürmte, schien sie zu verwirren. Für einen Moment standen sie nur da und hielten Muriel fest, dann aber schienen sie sich der Gefahr bewusst zu werden und gingen zum Angriff über. Ein Speer flog dem Wallach entgegen, der ihm geschickt auswich, seinen Kurs aber unbeirrt beibehielt. Auch der Speer des zweiten Maya verfehlte das Ziel. Ascalon wieherte schrill, stieg mit wirbelnden Vorderhufen und schüttelte die prächtige Mähne. Ein Bild wie im Film.

Das war zu viel für die beiden Krieger. Sie ließen Muriel los und ergriffen die Flucht. Ascalon setzte ihnen noch ein Stück weit nach, dann machte er kehrt und trabte mit zufriedenem Schnauben auf Muriel zu.

»Ascalon. Ach, Ascalon.« Muriel hatte Tränen in den Augen, als sie die Arme um den Hals des Wallachs schlang.

Aber diesmal waren es Tränen der Freude und Erleichterung. »Bring mich fort von hier«, flüsterte sie ihm zu. »Bring mich schnell nach Hause.«

Muriel konnte später nicht mehr sagen, wie sie auf Ascalons Rücken gelangt war. Irgendwo hatte ein großer Steinblock gestanden, eine halb verfallene Mauer oder irgendetwas anderes, das sie benutzt hatte, um aufzusteigen.

Der Ritt, der dann folgte, war wie eine Befreiung gewesen. Mit jedem Schritt blieb das Erlebte ein Stück weit hinter ihr zurück und die Angst verlor sich im Wind, der ihr durch die Haare fuhr. Nur ein einziges Mal noch drehte sie sich um und betrachtete die majestätische Silhouette Tikals, dann setzte Ascalon zum Sprung an.

Dunkelheit, Kälte und Stille waren Muriel fast schon vertraut, als Ascalon in die seltsame Zwischenwelt eintauchte, die das Gestern und Heute miteinander verband. Selbst die gleißenden Blitze, die sie aufzuhalten versuchten, hatten viel von ihrem anfänglichen Schrecken verloren. Ascalon galoppierte so unbeirrt durch das Unwetter, als kenne er weder Müdigkeit noch Erschöpfung, und endlich, nach einer Zeit, die Muriel wie eine kleine Ewigkeit vorkam, waren in der Dunkelheit allmählich wieder die Umrisse von Bäumen zu erkennen.

Als sie die Lichtung schließlich erreichten, war die Kleidung und der Federschmuck der Maya-Priesterinnen fort. Es war eine Wohltat, den vertrauten Stoff der Jeans und das weiche T-Shirt auf der Haut zu spüren. Die Sneakers hingegen fühlten sich nach den Tagen des Barfußlaufens fast wie Fremdkörper an. Aber all das war nichts, verglichen mit dem Hochgefühl, das Muriel übermannte, als sie die Hütte der Schicksalsgöttin in der Ferne entdeckte.

Ich habe es geschafft! Geschafft! Geschafft! In ihrem Kopf gab es nur diesen einen Gedanken. Sie war so glücklich und erleichtert, dass sie am liebsten laut gelacht hätte. Wie schon nach ihrem ersten Ritt durch die Zeit hielt Ascalon auch diesmal direkt auf die Hütte zu. Muriel wusste, dass die Göttin sie dort erwartete. Mit einer geschmeidigen Bewegung glitt sie von Ascalons Rücken und trat ein.

Die Göttin stand am Brunnen der Zeit und schaute in das klare Wasser, als Muriel eintrat. Als sie Muriel kommen hörte, löste sie sich von dem steinernen Becken, streckte ihr die Hände zur Begrüßung entgegen und lächelte. »Muriel«, sagte sie erfreut und ergriff Muriels Hände mit ihren kühlen Fingern. »Wie schön, dich gesund und unversehrt wiederzusehen. Komm und setz dich. Erzähl mir von Tikal.« Sie wollte Muriel zu den Korbstühlen am Kamin führen, aber diese zögerte. »Wollen Sie denn gar nicht wissen, ob ich die Aufgabe meistern konnte?«, fragte Muriel verwundert.

»Das muss ich nicht.« Das Lächeln der Göttin wurde eine Spur breiter. »Ich weiß es bereits.«

»Sie ... Sie wissen es?« Fassungslos starrte Muriel die

Göttin an. »Aber der Brunnen kann doch nur die letzten vier Wochen zeigen. Wie können Sie es dann wissen?«

»Komm, ich zeige es dir.« Muriel mit sich führend, ging die Göttin zum Brunnen zurück und deutete auf die Wasseroberfläche. Dort waren drei in weiße Kittel gekleidete Personen zu sehen, zwei Männer und eine Frau. Sie beugten sich über etwas, das ausgebreitet auf dem Tisch vor ihnen lag. Etwas, das Muriel nur allzu vertraut war: Ahaus Faltbuch.

»Das ist ...«, hob sie an. Aber die Göttin kam ihr zuvor: »... eine großartige Leistung von dir.«

»Die Leute sehen gar nicht glücklich aus«, stellte Muriel fest.

»Natürlich nicht!« Die Göttin schmunzelte. »Sie haben sich von dem Fund Aufsehenerregendes versprochen und müssen nun feststellen, dass es das Gekritzel eines Kindes ist.«

»Gekritzel?« Muriel legte entrüstet die Stirn in Falten. Es ärgerte sie, dass die Göttin sich so abwertend über Ahaus Arbeit äußerte, wusste sie doch, wie viel Mühe sich die junge Maya damit gemacht hatte. »Die Bilderschrift ist wunderschön gestaltet. Ich könnte das niemals.«

»Ja, das ist sie in der Tat.« Die Göttin nickte bedächtig. »Doch nicht der künstlerische Wert ist es, nach dem es die drei Forscher verlangt. Sie suchten Wissen und fanden dies.« Sie machte mit der Hand eine gleitende Bewegung über dem Wasser. Das Sichtfeld erweiterte sich und gab den Blick frei auf eine große Tafel, die hinter den Forschern aufgestellt war. Dort prangten in großen Buchstaben zwei Sätze:

Der Jaguar tötet mit scharfen Krallen.

Die Eule dient der Unterwelt.

»Ist es das, was in dem Faltbuch steht?« Muriel konnte sich ein Grinsen nicht verkneifen. »Nun ja, Ahau kannte auch nur fünfzig Schriftzeichen, als sie das hier verfasste.«

»Es ist genau das, was ich mir erhofft hatte«, lobte die Göttin. »Die Wissenschaftler haben ein Faltbuch. Die Geheimnisse aber bleiben gewahrt.«

»Oh, verzeiht. Das hatte ich in der Aufregung fast ganz vergessen.« Umständlich zog Muriel das Faltbuch Ah Coyopas unter ihrem T-Shirt hervor und reichte es der Göttin. »Das hier ist für Sie.«

»Das Geheimnis der Maya.« Ehrfürchtig nahm die Göttin den Kodex in Empfang, hielt dann aber inne und maß Muriel mit einem prüfenden Blick. »Hast du darin gelesen?«, wollte sie wissen.

»Wie denn?« Muriel schüttelte den Kopf. »Ich kenne die Bedeutung der Bilderschrift doch gar nicht. Und außerdem«, sie machte eine bedeutungsvolle Pause, in der sie ihre überstürzte Flucht im Geiste noch einmal durchlebte, »hatte ich dafür gar keine Zeit.«

»Dann ist es gut.« Die Göttin nickte bedächtig.

»Aber ich würde natürlich gern wissen, was da drinsteht«, fügte Muriel schnell hinzu.

»Das darf ich selbst dir nicht verraten.« Die Göttin legte die Hände so auf das Faltbuch, dass die Schriftzeichen nicht mehr zu sehen waren. »Aber sei unbesorgt, wenn die Menschheit reif ist, es zu erfahren, werde ich dafür sorgen, dass es gefunden wird.« Sie deutete auf die Korbstühle und wechselte das Thema. »Aber willst du dich nicht setzen?«, fragte sie. »Es gibt sicher vieles, das sich zu erzählen lohnt.«

Muriel schüttelte den Kopf. »Bitte seien Sie mir nicht böse«, bat sie. »Aber ich war so lange fort und möchte jetzt nur schnell nach Hause.«

»Du weißt, dass das nicht stimmt«, entgegnete die Göttin. »Du warst nicht lange fort. Du warst eigentlich gar nicht fort. Ascalon wird dich zu eben dem Augenblick zurückbringen, da du meine Gestade betreten hast. Alles wird so sein, wie du es zurückgelassen hast.«

»Ich weiß.« Muriel nickte beschämt. »Aber für mich war es dennoch eine lange und sehr mühsame Zeit. Ich will nicht unhöflich sein, aber ich möchte wirklich nur noch nach Hause.«

»Das verstehe ich.« Die Göttin legte Muriel den Arm um die Schultern und begleitete sie zur Tür. »Der erste Auftrag ist immer der schwerste«, sagte sie mitfühlend. »Den anderen erging es nicht anders. Ich stehe in deiner Schuld und respektiere deinen Wunsch. Ascalon wird dich wohlbehalten nach Hause tragen, und wenn du jetzt auch noch erschöpft sein magst, so wirst du feststellen, dass du dort nichts mehr davon spüren wirst.«

»Danke.« Muriel atmete auf. Tatsächlich wünschte sie sich nichts sehnlicher, als wieder nach Hause zu kommen. In ihr Elternhaus, in ihr Zimmer und in ihr herrlich weiches Bett.

Mit wenigen Schritten war sie bei Ascalon und schwang sich auf dessen Rücken, aber gerade als sie losreiten wollte, fiel ihr noch etwas ein. »Ich habe das Faltbuch gestohlen«, sagte sie und senkte schuldbewusst den Blick. »Das war natürlich nicht recht, aber ich wusste mir nicht anders zu helfen.« Sie verstummte, als müsse sie erst den Mut für das sammeln, was sie fragen wollte. Dann sagte sie: »Habe ich ... können Sie mir sagen ... Ich meine, ist es nicht möglich, dass ich damit die Vergangenheit verändert habe?«

»Dass du dir darüber Gedanken machst, spricht für dich«, erwiderte die Göttin. »Natürlich ist es gefährlich, in der Vergangenheit Dinge zu verändern. Das muss ich dir ja nicht mehr erklären. In diesem Fall jedoch kannst du beruhigt sein. Es ist kein Schaden entstanden. Das hätte ich gespürt.«

»Puh, da bin ich aber froh.« Muriel lächelte, wurde aber gleich wieder ernst. »Und was ist mit den Maya-Kriegern, die Ascalon gesehen haben? Sie sagten doch, er dürfe nicht gesehen werden, weil die Maya keine Pferd kannten.«

»Nun, auch da kannst du beruhigt sein«, entgegnete die Göttin. »Sollten die beiden wirklich jemandem von dem seltsamen Tier erzählt haben, das sie gesehen haben wollen, dann wird es ihnen nicht anders ergangen sein als dir, wenn du jemandem erzählst, dass du mit der Schicksalsgöttin sprechen kannst.«

»Sie meinen, man hätte die beiden für verrückt gehalten?«

»Richtig.« Die Göttin schmunzelte und zwinkerte Muriel zu. »Und falls doch mal irgendwo ein Faltbuch auftaucht, in dem von einem Pferd die Rede ist, kann ich dich und Ascalon ja jederzeit zurückschicken, um das Buch auszutauschen.«

»O nein.« Muriel lachte, aber die Bemerkung der Göttin erinnerte sie daran, dass sie noch eine Frage hatte: »Wissen Sie eigentlich, was aus Ah Hunahpu geworden ist?«, erkundigte sie sich. »Er war einer der Ballspieler, die sich freiwillig gemeldet haben, um ihr Blut für das Leben Ah Coyopas zu geben.« Sie stockte und sagte dann: »Ist er …? Hat … hat er gewonnen?«

»Deine Sorge um den jungen Mann ehrt dich«, erwiderte die Göttin schmunzelnd. »Aber sie ist unbegründet. Das Spiel hatte keine Sieger. Ich weiß, dass Ah Coyopa damals starb, noch bevor es zu Ende war.«

… noch bevor es zu Ende war. Muriel erschauerte. Erst jetzt wurde ihr klar, wie knapp die Zeit wirklich gewesen war, die ihr noch zur Verfügung gestanden hatte. Hätte sie sich tiefer im Dschungel verlaufen … Sie verbot es sich, den Gedanken zu Ende zu führen. Sie hatte es geschafft, alles andere zählte nicht.

»Danke.« Muriel reichte der Göttin zum Abschied die Hand. »Das ist gut zu wissen.«

»Ich habe dir zu danken«, entgegnete die Göttin. »Ich bin stolz und glücklich, so treue Helfer zu haben.«

»Keine Ursache!« Muriel grinste. »Ich helfe gern.« Sie schnalzte mit der Zunge und Ascalon trabte an. Unter dem Zweitakt der Hufe blieben die Lichtung und die Göttin rasch hinter ihnen zurück, als sie in den Wald hineinritten und den Weg nach Hause einschlugen.

Wieder daheim

Es war stockdunkel, als Ascalon zum Sprung über den Weidezaun ansetzte. Die Luft war schwülwarm und drückend. Bis auf ein paar dicke Tropfen, die von den Blättern der Bäume zu Boden fielen, war es trocken.

Ich bin zu Hause! Muriel atmete tief durch. Niemals hätte sie es für möglich gehalten, dass man »zu Hause« auch riechen konnte. Nach den langen Tagen im Dschungel Mittelamerikas nahm sie die sonst so vertrauten Gerüche fast überdeutlich wahr. Der Duft der feuchten Gräser, das liebliche Aroma des Jasmins am Rande der Weide und den typischen Geruch des Pferdestalls …

Muriel schloss die Augen und gab sich ganz dem Glücksgefühl hin, das sie erfüllte. In Geschichtsbüchern und Erzählungen mochte die Vergangenheit romantisch und geheimnisvoll erscheinen. Nachdem sie aber selbst erfahren hatte, was es bedeutete, dort zu leben, wollte sie es um nichts auf der Welt gegen das Hier und Jetzt eintauschen.

Mit federndem Schritt trug Ascalon sie über die Wiese, vorbei an der alten Eiche auf den Stall zu. Das Tor stand immer noch offen. Muriel saß ab. Im schwachen Licht des Mondes, der durch eine Lücke zwischen den Wolken hervorschaute, führte sie Ascalon in den Stall. Drinnen war es warm und stickig. Muriel ließ das Tor offen stehen, um frische Luft hereinzulassen, aber auch, um besser sehen zu können. So mitgenommen, wie Ascalon bei den Maya ausgesehen hatte, musste sie ihn dringend putzen, ehe sie wieder ins Haus ging.

Muriel seufzte. Die vielen Kratzer, die er sich im Dschungel eingehandelt hatte, würde sie ihrer Mutter natürlich erklären müssen. Aber darüber würde sie sich später Gedanken machen.

»Bleib hier stehen!«, sagte sie zu Ascalon und lief zur Sattelkammer, um ihren Putzkasten zu holen. Auf dem Rückweg schnappte sie sich noch einen Apfel aus der Apfelkiste und reichte ihn Ascalon mit den Worten: »Hier, den hast du dir wirklich verdient.«

Ascalon schnaubte und nahm den Apfel vorsichtig mit den Lippen entgegen. Während er kaute, machte Muriel sich an die Arbeit. An der Brust und auf der Kruppe hatte sie die schlimmsten Kratzer gesehen. Hier musste sie unbedingt die schorfigen Stellen ausbürsten und das verklebte Fell säubern. Mit dem Gummistriegel in der Hand trat sie vor die Kruppe, aber sosehr sie auch suchte, es waren keine Verletzungen mehr zu erkennen.

Seltsam. Muriel runzelte die Stirn. Sie wusste genau, dass Ascalon sich tiefe Kratzer zugezogen hatte. Aber wie durch Zauberhand waren sie jetzt alle weg.

»*Es wird sein, als wärst du niemals fort gewesen.*« Die Worte der Göttin kamen ihr wieder in den Sinn und plötzlich verstand sie, dass damit viel mehr gemeint war als nur die verstrichene Zeit. Hunger, Durst, Erschöpfung und Verletzungen … Alles, was seine Ursachen in der Vergangenheit hatte oder dort entstanden war, hatte in ihrer Zeit scheinbar keinen Bestand.

Prüfend fuhr Muriel sich mit den Händen durch die Haare, die sich wie frisch gewaschen anfühlten. Dann betrachtete sie ihre Handflächen. Die Schwielen und Blasen, die die Arbeit mit dem Mahlstein dort hinterlassen hatte, waren nicht mehr zu sehen. Sie horchte in sich hinein und tatsächlich spürte sie weder Erschöpfung noch Müdigkeit. Alles war so wie in dem Augenblick, als sie aufgebrochen waren.

»Cool!« Muriel grinste. »Dann kann ich ja noch eine Runde schlafen gehen.« Sie führte Ascalon in die Box, füllte die Heuraufe auf und stellte den Putzkasten zurück in die Sattelkammer. Zum Schluss schloss sie auch das Tor wieder, damit nichts ihren nächtlichen Ausflug verriet.

Nachdem sie sich liebevoll von Ascalon verabschiedet hatte, watete sie über den matschigen Hof zurück zum

Haus. Die verdreckten Sneakers zog sie noch vor der Haustür aus und versteckte sie hinter einem Blumenkübel, damit Teresa sie am Morgen nicht sofort fand. Dann öffnete sie leise die Tür und schlüpfte hinein.

Titus lag noch immer auf seinem Lieblingsschlafplatz und döste vor sich hin. Mit den Ohren verfolgte er wachsam jedes Geräusch, aber er sah nicht einmal auf, als sie hereinkam und im Flur an ihm vorüberging.

»Braver Titus«, flüsterte Muriel ihm zu, während sie ihm sanft über den Rücken streichelte. »Ich wusste, du verrätst mich nicht.« Sie richtete sich auf und schlich zur Treppe. Einer plötzlichen Eingebung folgend hielt sie davor noch einmal inne, nahm die Kette mit dem Maya-Dolch ab, zog den Ring der Wächter vom Finger und ließ beides in ihrer Hosentasche verschwinden.

Die unterste Stufe knarrte verräterisch, als sie den Fuß daraufsetzte. Viel lauter als sonst. Auch die anderen Stufen ächzten gut vernehmlich. Muriel ärgerte sich. Auf der Hälfte der Treppe blieb sie stehen und lauschte, aber in den Schlafzimmern blieb alles ruhig.

Noch sieben Stufen. Sie holte noch einmal tief Luft und schlich weiter.

Drei ... zwei ... eine ...

»Wo warst du denn?«

Muriel prallte erschrocken zurück, als sie die Stimme neben sich hörte. Es gelang ihr gerade noch, sich am Treppengeländer festzuhalten, um einen Sturz zu verhindern.

»Vivien!«, keuchte sie fassungslos. »Bist du verrückt geworden? Was fällt dir ein, mich so zu erschrecken?«

»Ich konnte nicht schlafen.«

»Na und?« Muriel war wütend, bemühte sich aber, leise zu sprechen, um die anderen nicht zu wecken. »Deshalb musst du doch nicht mitten in der Nacht an der Treppe herumlungern und mich zu Tode erschrecken. Was machst du hier überhaupt?«

»Ich habe dich gesucht«, erwiderte Vivien. »Aber du warst nicht in deinem Zimmer. Wo bist du gewesen?«

»Ich konnte auch nicht schlafen«, erwiderte Muriel ausweichend. »Ich habe mir Sorgen um Ascalon gemacht und bin rausgegangen, um nachzusehen, ob er das Gewitter gut überstanden hat.«

»Du warst draußen?«, fragte Vivien beeindruckt. »Allein? Hattest du denn gar keine Angst?«

»Nö.« Muriel ging an Vivien vorbei auf ihr Zimmer zu. »Und jetzt: Gute Nacht.«

In der Ferne grollte Donner.

»Muriel!« Vivien lief ihrer großen Schwester hinterher, fasste sie am Arm und schaute sie mit großen Augen an. »Kann … kann ich nicht doch bei dir schlafen?«

Muriel seufzte resignierend und sagte: »Na schön. Komm mit. Aber nur unter einer Bedingung.«

»Welcher?« Vivien strahlte.

»Du erzählst Mum und Paps nichts von meinem Ausflug.«

»Versprochen!« Vivien hob die Hand zum Schwur, schob sich an Muriel vorbei ins Zimmer, grinste und sagte: »Manchmal kannst du richtig nett sein.«

An jedem anderen Tag hätte Muriel ihr schnippisch geantwortet, diesmal jedoch war sie so gerührt, dass sie zunächst kein Wort hervorbrachte. Vivien mochte ab und an ganz schön nervig sein, aber nach allem, was sie in den vergangenen Stunden erlebt hatte, erschien ihr das geradezu lächerlich. Es war gut, wieder zu Hause zu sein, und es war schön, eine Schwester zu haben – auch so eine. »Du auch«, murmelte sie leise, trat in ihr Zimmer und schloss die Tür hinter sich.

Eine knappe Woche später kramte Teresa während des Mittagessens wieder die Tageszeitung hervor. »Seht mal! Hier steht wieder etwas von dem Maya-Grab«, sagte sie und hielt die Zeitung so, dass alle das Foto auf der letzten Seite sehen konnten. Es zeigte in starker Vergrößerung die Bilderschrift des Kodex. »Es geht um das Faltbuch, das in dem Grab gefunden wurde.«

»Konnten sie die Schrift denn schon entschlüsseln?«, fragte Muriels Mutter. »Das ging aber schnell.«

»Nun ja, wie man's nimmt.« Teresa rückte ihre Lesebrille zurecht und las laut: »*Die Schriftzeichen geben viele Rätsel auf … Dessen ungeachtet gehen einige Wissenschaftler davon aus, dass es sich bei dem gefundenen Kodex um eine geheime Botschaft oder aber um eine verschlüsselte Prophezeiung handelt, die in unmittelbarem Zusammenhang mit dem Maya-Kalender steht, der das Ende der Welt ankündigt. Auf dem unvollständig beschrifteten Schriftstück stehen im Grunde nur zwei Sätze, die sich ständig wiederholen:* Der Jaguar tötet mit scharfen Krallen. Die Eule dient der Unterwelt. *Wissenschaftler aus der ganzen Welt haben sich inzwischen der Botschaft angenommen, in der Hoffnung, sie bald entschlüsseln zu können. Mit Ergebnissen ist allerdings erst in ein paar Monaten zu rechnen.*« Sie faltete die Zeitung zusammen, legte sie fort und sagte: »Also, ich finde das höchst spannend.«

»Ich nicht.« Mirko nahm sich noch eine der gefüllten Tortillas, die Teresa zubereitet hatte, und biss hinein. »Beffbimmt hat fich da jemand einen Fferz erlaubt«, sagte er mit vollem Mund, schluckte und fuhr fort: »So was hat es sicher auch schon bei den Maya gegeben.«

»Ja, ja, wenn die Pressefritzen nichts mehr zu schreiben wissen, hängen sie sich gern an solche Phänomene. Was sie nicht wissen, wird eben hinzugedichtet. Eine Prophezeiung zum Weltuntergang ist immer spektakulär und kommt denen natürlich gerade recht.« Muriels Vater lachte. »Sonst wäre die Zeitung ja nur halb so dick.«

Muriel sagte nichts.

Es war ein komisches Gefühl, Ahaus Schriftzeichen in der Zeitung abgedruckt zu sehen. Eine Botschaft aus der Vergangenheit, die ihr noch einmal das Abenteuer bei den Maya in Erinnerung rief.

Ganz unvermittelt bekam sie Sehnsucht nach Ascalon.

Mit den Worten »Entschuldigt mich« stand sie auf, verließ die Küche und lief zur Weide hinter dem Stall, wo Ascalon und die anderen Pferde grasten.

»Ascalon!« Sie schlang die Arme um den Hals des Wallachs und schmiegte ihre Wange an das sonnenwarme Fell. »Ach, Ascalon.« Sie schloss die Augen und sah im Geiste noch einmal die prächtigen Tempel Tikals vor sich. Ihr erstes Abenteuer, ihre erste Prüfung – und das Beste: Alles war gut gegangen.

Was würde als Nächstes kommen?

Ascalon schnaubte leise und stupste sie an. »Nur Mut«, schien er ihr sagen zu wollen. »Wir beide schaffen das schon.«

»Ja.« Muriel straffte sich und atmete tief durch. »Wir schaffen das.« Sie grinste. »Viel schlimmer kann es ja eigentlich nicht mehr werden«, sagte sie mehr zu sich selbst und hoffte, dass sie damit recht behalten würde.

Glossar

Acna: Muttergöttin der Maya

Buch der Jaguar-Priester: Heiliges Buch, auch »Chilam Balam«, die Bibel der Maya, genannt.

Calakmul: war einst eine mächtige Maya-Stadt. Der Ort war der politische Konkurrent der Stadt Tikal.

Camozotz: Gott der Fledermäuse

Chichén Itzá: Ruinenstätte auf der mexikanischen Halbinsel Yucatán

Chulul: Maya-Name für einen Baum-Ozelot

Copal: Baumharz, das (ähnlich wie Weihrauch) als Räucherwerk Verwendung findet

Cumhau: Gott der Unterwelt und des Todes

Hunabku: der wichtigste der Maya-Götter und Schöpfer des Universums

Huracán: Gott des Windes

Itzamná: Gott des Wissens und der Schrift

Jararaca: giftige Lanzenotter aus Südamerika

Kin: ein *kin* in der Zeitrechnung der Maya entspricht einem Tag unserer Zeitrechnung

Kodex; Kodizes: Textsammlung, *hier*: mit Kalk überzogene Rindenpapierstreifen, die mit Bilderschrift bemalt und mit dünnen Häuten zu einem zieharmonikaartigen Faltbuch zusammengefügt wurden

Kuxum: wird aus Pilzen gewonnen; wurde als Droge bei Ritualen der Maya benutzt

Lapislazuli: blauer Halbedelstein mit goldenen Einschlüssen

Machete: dickes Messer, das auch als Buschmesser verwendet wird (ca. 50 cm lang)

Malachit: grüner Halbedelstein

Metlatl: Mahlstein aus Basalt, bestehend aus einem Tisch und einer zylindrischen Steinrolle, mit der Mais zermahlen wurde

Monsun: Winderscheinung in den Tropen, oft mit heftigen Regenfällen

Obsidian: natürliches vulkanisches Gesteinsglas mit scharfen Kanten, das gern für Speer- und Pfeilspitzen verwendet wurde

Pekari: Nabelschwein in Südamerika; wörtlich: »Tier, welches viele Wege durch den Wald macht«

Pok ta Pok: 3.000 Jahre altes Ballspiel, Vorform des Fußballspiels. Bei besonderen Anlässen wurden die Verlierer den Göttern geopfert.

Pyramide des Kukulcán: 30 m hohe Pyramide und Touristenattraktion in Chichén Itzá

Quetzal: tropischer Vogel mit bunt schillerndem Gefieder; die Federn wurden von den Maya als Schmuck verwendet

Runen: germanische Schriftzeichen

schwarze Sonne: Sonnenfinsternis; galt in vielen alten Kulturen als böses Omen. Die Maya waren bereits zu genauen astronomischen Berechnungen in der Lage.

Stelen: hohe Steinplatten oder -säulen, die senkrecht stehen und mit Bildern oder Inschriften verziert sind

Tamales: Taschen aus gedämpftem Maisteig mit Fleisch- oder Gemüsefüllung

Tikal: bedeutende Stadt der Maya in den Regenwäldern von Guatemala; eine der am besten erforschten Maya-Städte

Tun: einem *tun* in der Zeitrechnung der Maya entsprechen 360 Tage unserer Zeitrechnung

Uinal: einem *uinal* in der Zeitrechnung der Maya entsprechen 20 Tage unserer Zeitrechnung

Monika Felten, Jahrgang 1965, lebt mit ihrer Familie auf dem Lande in der Nähe von Kiel, ist verheiratet und Mutter von zwei Söhnen. Eigentlich ist sie gelernte technische Zeichnerin, arbeitet aber seit der Jahrtausendwende ausschließlich als freie Autorin und Schriftstellerin.
Für ihre Romane »Elfenfeuer« und »Die Macht des Elfenfeuers« erhielt sie 2002 und 2003 den Deutschen Phantastik Preis.

Ebenfalls von Monika Felten bei Thienemann erschienen:
Ascalon – das magische Pferd. Die Wächter des Schicksals
Ascalon – das magische Pferd. Der Schlüssel von Avalon

Monika Felten ist eine Autorin der AVA international GmbH
Autoren- und Verlagsagentur, Herrsching (www.ava-international.de).

Felten, Monika:
Ascalon – das magische Pferd
Das Geheimnis der Maya
ISBN 978 3 522 17876 9

Einband- und Innenillustrationen: Kathrin Treuber
Einbandtypografie: Michael Kimmerle, Stuttgart
Innentypografie: Marlis Killermann, Winnenden
Schrift: Meridien und Rubinstein
Satz: KCS GmbH, Buchholz/Hamburg
Reproduktion: immedia23, Stuttgart
Druck und Bindung: Friedrich Pustet, Regensburg

6 5 4 3 2° 09 10 11 12

www.thienemann.de
www.monikafelten.de